Die Überraschungsfrau

SANDRA BROWN

Die Überraschungsfrau

Deutsch von Tina Tayah

Weltbild

Originaltitel: *Fanta C*
Originalverlag: Bantam Books

Die Autorin

Sandra Brown hat seit ihrem Debüt 1981 mehr als 65 Romane geschrieben, die sich fast alle ihren Platz auf der Bestsellerliste der New York Times erobert haben. Ihre Bücher wurden in 30 Sprachen übersetzt, einige wurden verfilmt, und die Gesamtauflage ihrer Bücher beträgt weltweit mehr als 70 Millionen Exemplare. Sandra Brown ist in Texas geboren und aufgewachsen; heute lebt sie mit ihrem Mann, dem Autor Michael Brown, in Arlington, Texas.

1

Beim ersten Mal war es wie verzaubert. Wir liebten uns im Stall, und es roch nach Heu und Staub und Pferden. Unsere Vereinigung war hitzig und lustvoll. Als es vorbei war, glänzten unsere Körper vor Schweiß. Erschöpft lagen wir da, Arme und Beine verschränkt.

In meinem zerzausten Haar steckte Stroh. Spielerisch zog er die Halme heraus, während ich mich daran ergötzte, wie die Sonnenstrahlen durch die Ritzen in den Wänden hereinfielen und Muster aus Licht und Schatten auf seine breite, behaarte Brust zauberten.

Das Schicksal hatte vorherbestimmt, daß dies geschehen sollte, obwohl er derjenige war, der den Zeitpunkt gewählt hatte. Ich hatte einen der kostbaren Vollblüter meines Vaters geritten und war nach meinem morgendlichen Ausritt zum Stall zurückgekehrt. Mein Herz hatte angefangen, wie wild zu schlagen, als ich sah, daß der Stallmeister an eine Wand gelehnt dastand. Weit und breit war niemand anderer zu sehen.

Ich blickte mit jenem Hochmut auf ihn herab, den unzählige Generationen meiner adeligen Vorfahren mir vererbt hatten. Er stieß sich von der Wand ab und kam langsam auf mich zu. Während er mir sein arrogantes Lächeln schenkte, hob er die Hände und packte mich um die Taille, um mir aus dem Damensattel zu helfen.

Ich wollte sein unerschütterliches Selbstvertrauen und seine Eitelkeit erschüttern, und so ließ ich mich absichtlich und provozierend ganz dicht an seinem Körper herablei-

ten, bis ich mit meinen Füßen den Boden berührte. Ich konnte sehen, wie seine Augen sich verdunkelten, aber mein Triumph hielt nicht lange an.

Gegen jeden Anstand und alle Schicklichkeit ließ er mich nicht los, sondern hielt mich weiter dicht an sich gepreßt. Ich blickte mit unverhülltem Verlangen zu ihm auf. Dieses Verlangen war um so heftiger, als er bei meinem Vater angestellt war und gesellschaftlich weit, weit unter mir stand. Jede intime Beziehung zwischen dem Stallmeister und mir war verboten. Und deshalb um so verlockender und verführerischer.

Außerdem war er Ire. Und ich Engländerin. Er war wild und undiszipliniert, und sein Temperament war so stürmisch wie die Irische See. Ich wuchs auf in einer Atmosphäre von Vornehmheit und Zurückhaltung. Ich konnte Französisch und Latein. Er beherrschte gerade die notwendigsten Kenntnisse des Englischen, und schon oft hatte ich ihn vulgäre Ausdrücke benutzen hören, von denen ich nicht einmal ahnte, was sie bedeuteten.

Wenn der Klatsch stimmte, dann hatten die Whiskeyflaschen keine lange Lebensdauer bei ihm, selten mehr als eine Nacht. Selten wurde mir erlaubt, vor dem Essen einen Schluck Sherry zu nippen, und das auch nur bei besonderen Anlässen. Meine Hände waren stets manikürt und gepflegt. Seine nicht. Aber das störte mich überhaupt nicht, als er erneut meine Taille umfaßte und mich noch enger an sich heranzog.

Er senkte den Kopf und küßte mich, als hätte er jedes Recht dazu; hätte man uns erwischt, hätte man es als die schlimmste Beleidigung betrachtet, die ein Mann wie er mir zufügen konnte. Eine seiner ungebärdigen Locken streifte meine Brauen, während er seine Lippen fester auf meine preßte.

Obwohl er nur auf das Verlangen reagierte, das er unzweifelhaft in meinem Blick gelesen hatte, machte seine Kühnheit mich wütend. Ich versuchte, mich mit meinen Händen gegen ihn zu stemmen. Doch ich wußte, daß ich einen Kampf führte, den ich verlieren würde, nicht nur gegen seine wesentlich größere Stärke, sondern auch gegen mich selbst und meine rasch wachsende Leidenschaft.

Ich gebe zu, daß ich mich nicht allzu ernsthaft bemühte, seinen Armen und seinen fordernden Lippen zu entkommen, denn er küßte mich auf eine unglaublich sinnliche Weise.

Ich war einer Ohnmacht ziemlich nahe.

Schwach und ganz außer Atem stolperte ich hinter ihm her, als er mich in die tiefen Schatten des Stalls zog. Und genau das hatte ich doch auch gewollt, oder nicht?

Hatten nicht genau dazu all diese heißen, verlangenden Blicke geführt, die wir seit Wochen ausgetauscht hatten? Waren nicht all diese zufälligen Berührungen und die provokative Haltung, die ich gezeigt hatte, wie eine Einladung gewesen, genau das zu tun?

Und nun würde ich endlich all diese Geheimnisse kennenlernen. Sehnte ich mich nicht danach, endlich selbst das zu erfahren, worüber die Dienstmädchen nur hinter vorgehaltener Hand zu flüstern wagten?

Selbst wenn ich jetzt noch meine Meinung hätte ändern wollen, hätte er es nicht zugelassen. Er drückte mich auf den Boden einer der Boxen. Das Heu war kniehoch, roch süß und frisch. In der Scheune war es warm. Und dämmrig. Die Staubkörnchen tanzten im Licht und wirbelten genauso ungestüm wie meine Sinne. Immer noch küßte er mich, und dann schob er seinen Körper so nahe an mich heran, daß ich sein hartes Verlangen mehr als deutlich spüren konnte. Als ich seinen starken, geschmeidigen Körper, den ich so oft bewundert hatte, verborgen hinter den Vorhängen meines Schlafzimmers, nun so so dicht an meinem fühlte, empfand ich eine seltsame Vertrautheit. Meine Knie zitterten, aber ich öffnete gehorsam meine Schenkel, als er sich gegen mich drängte.

Seine Hände glitten zu dem Schal, den ich zu einer braven Schleife gebunden hatte, mit einem sanften Ruck löste er den Knoten und begann, die weiße Seide von meinem Hals zu wickeln, dann landete das feine Gespinst unbeachtet im Heu. Die Perlknöpfe an meiner Bluse boten seinen forschenden Händen keinen Widerstand und öffneten sich unter seinen geschickten Fingern wie von selbst.

Ich sog scharf den Atem ein, als seine von der Arbeit rauhen Hände meine Brüste berührten. Mein Hemd aus feinstem Batist ließ ihn ungeduldig werden, und er schob es über meine Schultern, bis meine Brüste bloß vor seinen Augen lagen.

Als die seltsamen Empfindungen, die durch meinen Körper schossen, mich zu überwältigen drohten, schloß ich die Augen. Mein Kopf fiel zurück, und ich ergab mich diesem Mann vollkommen, als seine Lippen mein zitterndes Fleisch mit heißen Küssen bedeckten. Ich hätte nie geglaubt, daß der Mund und die Lippen eines Mannes einer Frau ein solches unglaubliches Entzücken bereiten könnten. Es war Sünde, nicht wahr? Wurden nicht im Book of Common Prayer solche Gefühle als fleischliche Freuden verdammt?

Sie waren so herrlich verboten. Und so wundervoll. Meine Brustspitzen wurden hart und richteten sich unter den Liebkosungen seiner Zunge auf. Ich bog meinen Rücken, so daß er meine Brustspitzen noch besser mit seinem Mund umschließen konnte. Unwillkürlich rief ich seinen Namen.

»Pst, Liebes«, flüsterte er mir zu, mit diesem Akzent, den ich so liebte. »Wir müssen vorsichtig sein!«

Seine Hände zögerten nicht. Sie gehorchten keinen Regeln. Sie glitten unter den Rock meines weinroten, samtenen Reitkostüms, schoben die vielen Spitzenunterröcke beiseite, bis sie meine nackte Haut berührten. Süße geflüsterte Worte, angefüllt mit irischen Schmeicheleien, drangen an meine Ohren, während er mich auf geradezu skandalöse Weise berührte, mit einer Zärtlichkeit, die in seltsamem Gegensatz zu seiner wachsenden Ungeduld stand.

Ich hielt den Atem an, als er seine Hose abstreifte und ich ihn anschauen konnte. Er war so groß, daß er mir Angst machte, doch als er meine Furcht bemerkte, nahm er sie mir schnell wieder mit tröstenden und beruhigenden Worten.

Er war warm und weich und hart, als er in mich eindrang, mich ausfüllte. Unsere Seufzer füllten die Schatten der Scheune. Es war unglaublich, unsere Körper auf solche Weise vereint zu spüren. Wie im Fieber strich ich mit meinen Händen durch sein Haar, während er voller Begehren meine Brüste küßte. Mit jeder Bewegung drang er tiefer in mich ein. Und noch tiefer. Bis …

»Elisabeth!« Die gereizte Stimme ihrer Schwester riß Elisabeth Burke jäh aus ihren Phantasien. Sie blinzelte und blickte dann verwirrt auf die Frau, die auf der Schwelle ihrer Geschenkboutique stand.

Ihre Schwester Lilah, zwei Jahre jünger als sie selbst, schüttelte den Kopf und schnalzte mit der Zunge. »Ich sehe, du kannst es einfach nicht lassen.«

»Was?«

»Mach mir doch nichts vor, Elisabeth.« Lilah drohte ihrer Schwester mit dem Zeigefinger. »Du hast mal wieder mit offenen Augen geträumt. Warst mal wieder mindestens tausend Meilen weit entfernt.«

»Das ist nicht wahr. Ich, oh, ich habe gerade überlegt, was ich bestellen soll.« Elisabeth fühlte, wie sich ihre Wangen röteten. Demonstrativ rückte sie einen Stoß Papier auf der Glasvitrine zurecht. Doch wie sie befürchtet hatte, ließ sich ihre scharfsichtige Schwester nicht täuschen.

»Du wirst ja rot. Wenn dein Traum so gut war, erzähl ihn mal.« Lilah setzte sich rittlings auf einen der hohen, samtgepolsterten Stühle, die Elisabeth für müde Kunden bereitgestellt hatte. Sie legte die Hände auf die weiße, schmiedeeiserne Rückenlehne und blickte ihre Schwester erwartungsvoll an. »Schieß los. Ich bin ganz Ohr.«

»Hör auf mit dem Unsinn. Wenn ich von etwas geträumt habe, dann höchstens von dem Klingeln der Kasse. Was hältst du von diesen Parfümfläschchen? Sie kommen aus Deutschland.« Sie schob den Katalog über den Ladentisch. Lilah warf einen flüchtigen Blick auf die Hochglanzfotos. »Sehr hübsch.«

»Hübsch und teuer. Glaubst du, ein so teurer Artikel läßt sich verkaufen?«

»Es hängt davon ab, wie untreu der Käufer gewesen ist«, erwiderte ihre Schwester.

Lilah war eine Gegnerin der Ehe, eine Einstellung, die Elisabeth nicht mit ihr teilte. »Nicht jeder Mann, der herkommt, kauft ein Geschenk für seine Frau, um sein schlechtes Gewissen zu beruhigen.«

»Natürlich nicht. Manche kaufen auch Geschenke für ihre Geliebten«, erwiderte Lilah trocken. »Schau sie dir doch an.«

Sie deutete auf das kleine Schaufenster der Boutique, durch das die elegante Eingangshalle des Cavanaugh-Hotels zu sehen war. Es wimmelte von Leuten, hauptsächlich Männern, die eintrafen oder abreisten.

Bis auf wenige Ausnahmen waren es Geschäftsleute, die mit seriösen dunklen Kammgarnanzügen bekleidet waren. Die meisten trugen Trenchcoats und hatten Aktenkoffer dabei. Jedermann schien es schrecklich eilig zu haben, und die Gesichter der Leute zeigten den gleichen gehetzten Ausdruck.

»Sie können es kaum erwarten, nach einer Woche Dienstreise wieder nach Hause zu ihrer lieben Frau zu kommen«, fuhr Lilah geringschätzig fort. »Ich bin überzeugt, daß mindestens die Hälfte von ihnen fremdgegangen ist, während sie weg waren vom häuslichen Herd. Na, wenigstens ist ihr schlechtes Gewissen gut für dein Geschäft.«

»Wie kannst du so etwas sagen? Nur weil du beschlossen hast, nicht zu heiraten, heißt das noch lange nicht, daß es nicht auch glückliche Ehen gibt.«

»Vielleicht eine unter einer Million.«

»Ich glaube, daß meine Kunden Geschenke kaufen, weil sie ihre Frauen vermißt haben und sich freuen, endlich wieder nach Hause zu kommen.«

Lilah schüttelte langsam den Kopf. »Ich weiß, du glaubst auch noch an gute und böse Feen. Komm endlich aus deiner Märchenwelt heraus.«

Spielerisch zog sie an einer von Elisabeths blonden Strähnen. »Schau dich mal wieder in der wirklichen Welt um!«

»So, wie du die wirkliche Welt beschreibst, gefällt sie mir aber nicht!« erwiderte Elisabeth. Sie schob Lilahs Hand fort und beschäftigte sich dann damit, einen Flecken vom Glas der Verkaufstheke zu wischen.

»Ich sehe sie nun mal nicht durch eine rosarote Brille«, antwortete Lilah.

»Was hast du gegen ein bißchen Romantik?«

»Nichts! Ich stehe nun mal nicht auf Liebe, Ehe und diesen ganzen Kram. Aber ich habe noch nie etwas Abfälliges über Sex gesagt.«
Elisabeth runzelte die Stirn. »Nicht so laut. Jemand könnte dich hören.«

»Und wenn schon! Du bist die einzige, die heutzutage nicht über Sex spricht. Fühlst du dich nicht einsam?« Sie ignorierte Elisabeths verdrießlichen Blick.

»Sex, Sex, Sex. So, siehst du? Ich bin weder vom Blitz getroffen noch von einem Wal verschluckt worden, und ich habe mich auch nicht in eine Salzsäule verwandelt. Ich bin immer noch hier.«

»Leider«, murmelte Elisabeth. »Ich wünschte, du würdest endlich gehen.« Sie wußte, was kommen würde. Egal, wie ihre Gespräche anfingen, sie endeten jedesmal mit einer Diskussion über ihr Liebesleben … beziehungsweise ihr nicht vorhandenes Liebesleben.

Die Unterschiede in ihrem Charakter und ihren Meinungen spiegelten sich auch in ihrem Äußeren wider, obwohl sie sich auf den ersten Blick verblüffend ähnlich waren, denn sie hatten beide blondes Haar und blaue Augen.

Elisabeths Haar jedoch war feiner und glatter als das ihrer Schwester. Sie hatte ein zartes, feingeschnittenes Gesicht. Lilahs Gesicht wirkte sehr viel voller und sinnlicher. Während Elisabeths Augen so sanft wie ein kleiner, stiller Teich wirkten, waren Lilahs so stürmisch und unruhig wie der nördliche Atlantik.

Elisabeth dachte manchmal daran, wie schön es wäre, könnte sie sich doch aus dem Kleiderschrank einer viktorianischen Dame bedienen. Lilah dagegen bevorzugte schrille, avantgardistische Kleidung. Elisabeth war vorsichtig und überlegte sich alles dreimal.

Stets wog sie sehr genau die möglichen Konsequenzen gegeneinander ab, bevor sie unbekannten Grund betrat. Lilah war immer die Ungestüme, Impulsive gewesen. Deswegen machte es ihr auch nichts aus, ständig im Leben ihrer Schwester herumzuschnüffeln und frei ihre Meinung darüber zu äußern.

»Wo du schon in so ergiebigen Jagdgründen arbeitest, warum spielst du das Spiel nicht einfach mit?«

Elisabeth ignorierte die Bemerkung. »Hast du heute nachmittag keinen Termin?« Lilah war Physiotherapeutin.

»Erst um halb fünf. Und versuche nicht, das Thema zu wechseln. Wenn du da draußen einen Mann siehst, der dir gefällt«, fügte sie hinzu und deutete auf das Schaufenster, »dann schnapp ihn dir. Was hast du zu verlieren?«

»Meine Selbstachtung, zum Beispiel«, erwiderte Elisabeth scharf. »Ich bin nicht wie du, Lilah. Für mich ist Sex kein Spiel, wie du es nennst. Es ist Liebe. Etwas Festes, Beständiges.« Lilah verdrehte die Augen. »Du warst noch nie verliebt, also woher willst du es wissen?« fuhr Elisabeth fort.

Lilahs Miene wurde ernst. »Ich weiß ja, daß du John geliebt hast. Es war eine Bilderbuchgeschichte. Die typische College-Romanze. Eine Cola, zwei Strohhalme. Ich weiß, daß du ihn geliebt hast. Aber er ist tot, Lizzie.«

Lilah griff über den Ladentisch und nahm Elisabeths Hand zwischen ihre. »Er ist seit über zwei Jahren tot. Du bist nicht zur Nonne geboren. Warum lebst du wie eine?«

»Das tue ich ja gar nicht. Immerhin habe ich dieses Geschäft. Es ist nicht so, als ob ich zu Hause sitzen und Trübsal blasen würde. Ich habe meine Arbeit, und ich habe die Kinder.«

»Und was ist mit dir selbst? Was macht Witwe Burke, wenn sie nicht arbeitet und die Kinder im Bett sind?«

»Dann geht Witwe Burke schlafen, weil sie zu müde ist, um noch irgend etwas anderes zu tun.«

»Allein.« Lilah rümpfte die Nase. »Wie lange willst du dich mit Träumen zufriedengeben?«

»Ich träume nicht.«

Lilah lachte. »Ich weiß es besser. Du bist eine unverbesserliche Romantikerin. Solange ich mich erinnern kann, hast du mir immer Geschirrtücher über den Kopf gehängt und mir erklärt, ich sei deine Zofe, die Zofe der Prinzessin, die auf ihren strahlenden Prinzen wartet, der auf einem Schimmel angeritten kommt.«

»Und wenn er dann kam, mein Prinz, dann hast du ihn gleich in die Höhle des feuerspeienden Drachen geworfen«, erwiderte Elisabeth lachend. »Da mußte er dann kämpfen, um zu beweisen, daß er auch wirklich ein guter Ritter ist.«

»Ja, aber jedesmal, wenn der Drache den Prinzen zu besiegen drohte, bin ich in die Höhle gesprungen und habe ihn gerettet!«

Elisabeth seufzte. »Genau darin liegt eben der Unterschied zwischen uns beiden«, meinte sie. »Ich habe immer darauf vertraut, daß mein Prinz keine Mühe haben würde, allein den Drachen zu erschlagen!«

»Wartest du immer noch auf einen Prinzen, Lizzie?« fragte Lilah, dann seufzte auch sie. »Ich hasse es, dich zu enttäuschen, aber ich fürchte, Schwesterchen, heutzutage gibt es keine Märchenprinzen mehr.«

»Das weiß ich doch auch!« erwiderte Elisabeth. Lilah grinste. »Also, dann gib dich gefälligst mit etwas Geringerem zufrieden, wie zum Beispiel mit einem ganz normalen Mann, der ganz normale Jeans trägt und keine Rüstung, in der er Gefahr läuft, eingeklemmt zu bleiben, gerade dann, wenn's drauf ankommt!« fügte sie hinzu.

Elisabeth glitt unwillkürlich in ihre Phantasie zurück. Der Stallmeister hatte ganz bestimmt keine Mühe gehabt, aus seiner Hose herauszukommen, als es darauf ankam! Vor lauter Ungeduld hatte er sie sich fast vom Leib gerissen. Sie fand eine solche Ungeduld erregend.

Doch schnell rief sie sich wieder zur Ordnung. Sie mußte mit dieser Tagträumerei aufhören. Diese erotischen Träume waren lächerlich. Sicher kam das alles nur davon, daß ihre Schwester so auf Sex fixiert war. Wenn Lilah nicht ständig darüber reden würde, dann würde ihr, Elisabeth, auch nicht ständig vor Augen geführt werden, unter welchem Entzug sie litt!

Elisabeth seufzte noch einmal. »Sogar normale Männer sind schwer zu finden. Und ich habe nicht vor, über einen herzufallen, der zufällig hier vorbeikommt.«

»Okay, dann konzentrieren wir uns auf die Männer in deiner näheren Umgebung.« Lilah runzelte die Stirn. »Was ist mit deinem Nachbarn?«

Elisabeth holte eine Sprühflasche mit Glasreiniger und einen Lappen hervor und begann, die Glastheke zu polieren. »Welcher Nachbar?«

»Wie viele unverheiratete Männer wohnen in dem Haus hinter deinem, Elisabeth?« gab Lilah zurück. »Der große mit den breiten Schultern.«

Elisabeth beschäftigte sich angelegentlich mit einem Fleck auf dem Glas. »Mr. Randolph?«

»Mr. Randolph?« ahmte Lilah sie nach. »Spiel doch nicht den Unschuldsengel! Du hast ihn also bemerkt, nicht wahr?« Sie lachte ihre Schwester glatt aus.

Elisabeth stellte das Putzzeug weg und strich sich ärgerlich eine Haarsträhne aus dem Gesicht. »Er ist der einzige unverheiratete Mann in meiner Nachbarschaft.«

»Warum lädst du ihn nicht mal abends zum Essen ein?«

»Warum kümmerst du dich nicht um deine eigenen Angelegenheiten?« fragte sie zurück.

»Oder ziehst etwas absolut Skandalöses an, wenn du das nächste Mal den Rasen mähst. Oder sonnst dich oben ohne.«

»Also Lilah, wirklich! Außerdem ist der Sommer vorbei. Es ist zu kalt zum Sonnen.«

Lilah zwinkerte ihr zu. »Macht doch nichts. Wenn es kalt ist, richten sich wenigstens deine Brustwarzen schön auf!«

»Also, das muß ich mir wirklich nicht anhören!« sagte Elisabeth erbost.

Lilah grinste und hob die Hände. »Okay, okay, wenn dir das nicht zusagt, dann probier's eben mit etwas Traditionellem. Bitte ihn, deinen Toaster zu reparieren.«

»Mein Toaster ist aber nicht kaputt!«

»Dann mach ihn kaputt!« Lilah stand auf und stellte sich vor ihre Schwester. »Wenn du merkst, daß er dir gleich über den Weg laufen wird, versuch, ein wenig hilflos und entzückend weiblich zu wirken.«

»Du würdest so etwas nie im Leben tun!« warf Elisabeth ihrer Schwester vor.

»Richtig. *Ich* würde so etwas niemals machen. Aber,

wie wir beide ja gerade mal wieder festgestellt haben, ich bin nicht du. Ich war auch niemals das zarte, edle Fräulein in all den Phantasien, die du dir zusammengesponnen hast!«

Elisabeth hatte Mühe, nicht die Beherrschung zu verlieren.

»Es ist doch merkwürdig, daß ausgerechnet du auf meinen Phantasien herumhackst. War es nicht deine Idee, diese Boutique *Fantasy* zu nennen?«

»Ich hacke nicht auf deinen Phantasien herum. Sie sind genauso ein Teil von dir wie deine Fingerabdrücke. Oder hätte ich dir sonst dieses ›phantastische‹ Nummernschild besorgt, wenn ich glaubte, es paßte nicht zu dir?«

Dieses Nummernschild war Lilahs Weihnachtsgeschenk für ihre Schwester gewesen, und es war in der Tat ein »phantastisches« Geschenk: Wenn man »FANTA C« wie ein Wort aussprach, las es sich wie »Phantasie«.

Elisabeth jedoch war nicht besonders begeistert gewesen, aber da war es schon zu spät, denn Lilah hatte das Nummernschild bereits offiziell registrieren lassen. Und da es ziemlich mühsam war, eine solche Registrierung wieder rückgängig zu machen, war Elisabeth gezwungen, ein ganzes Jahr lang mit diesem Nummernschild herumzufahren.

Auch jetzt schüttelte sie den Kopf. »Du ahnst überhaupt nicht, wie peinlich es ist, ein solches Schild am Auto zu haben!« sagte sie zu ihrer Schwester. »Jedesmal, wenn ein Wagen neben mir hält, kann ich dem Fahrer ansehen, wie er sich überlegt, welche ›Phantasien‹ ich wohl habe!«

Lilah lachte. »Prima. Dann kurbel doch einfach das

Fenster runter und sag's ihm. Oder noch besser, leb sie einfach aus!«

Lilahs Lachen war ansteckend. »Du bist wirklich unmöglich!« sagte Elisabeth, als sie sich wieder beruhigt hatte.

»Stimmt, das bin ich, unbedingt«, erwiderte ihre Schwester ohne die geringste Spur von Bedauern in der Stimme.

»Und ich weiß auch, daß dir natürlich immer nur mein Bestes am Herzen liegt!«

»Genau. Du wirst bald dreißig, Lizzie. Ich will nicht, daß du in zehn Jahren aufwachst und immer noch allein bist. Dein Prinz wird nicht kommen und an deine Tür klopfen. Er wird nicht aus deinen Träumen treten und dich in die Arme nehmen. Du mußt schon selbst die Initiative ergreifen.«

Elisabeth, die wußte, daß ihre Schwester recht hatte, schaute weg. Ihr Blick fiel auf die Morgenzeitung. »Vielleicht sollte ich versuchen, mir den hier zu angeln.« Sie deutete auf das Foto des Mannes auf der Titelseite.

»Adam Cavanaugh«, las Lilah. »Der Besitzer der Kette, nehme ich an?«

»Ja. Er wird diese Woche auf einer Inspektionstour vorbeikommen. Die Hotelleitung und alle Pächter sind in Alarmbereitschaft versetzt worden.«

»Er sieht gut aus«, stellte Lilah sachlich fest. »Aber schau den Tatsachen ins Auge: Er ist superreich, supergutaussehend, und wahrscheinlich ein Superekel. Ein internationaler Playboy. Auch er ist im Grunde eine Phantasiegestalt, Lizzie. Wenn ich du wäre, würde ich mich nach einem Bettgenossen umsehen, der leichter zu kriegen ist.«

Elisabeth schnitt eine Grimasse. »Würdest du jetzt bitte verschwinden, bevor du mir mit deinen unanständigen Ausdrücken noch alle Kunden vertreibst?«

»Ich wollte ohnehin gehen«, entgegnete Lilah fröhlich. »Sonst komme ich zu spät zu meinem Termin. Tschau.« Sie winkte lässig und schlüpfte zwischen zwei Männern hinaus, die gerade hereinkommen wollten. Die beiden blickten ihr anerkennend hinterher bevor sie den Laden betraten.

Einer der beiden ließ sich von Elisabeth einen schmalen Silberarmreif als Geschenk einpacken, für »meine Frau«, wie er behauptete. Elisabeth fragte sich, ob er die Wahrheit sagte. Dann schalt sie sich, daß sie sich von Lilahs Mißtrauen anstecken ließ.

Der zweite Mann überlegte länger. Schließlich entschied er sich für ein Körbchen mit Konfekt, das in rosa Cellophanpapier verpackt und mit einer rosa Schleife und einer rosa Seidenorchidee dekoriert war. Während sie den Kaufpreis in die Kasse eintippte, musterte Elisabeth ihren Kunden mit einem verstohlenen Blick. Hübsches Kinn. Hübsche Hände. Aber er hatte einen komischen Scheitel. Die Ärmel seines Jacketts waren eine Spur zu lang. Und seine Hose war ausgebeult.

Guter Gott, dachte sie, als der Mann mit seinem Geschenk den Laden verließ. Sie fing doch nicht an, auf Lilah zu hören? Das Schlimmste, was ihr passieren konnte, war, die Ratschläge ihrer Schwester zu befolgen.

Ich hätte wissen sollen, daß immer ausgerechnet dann etwas passiert, wenn ich dringend Ruhe brauche, dachte Elisabeth, als sie abends nach Hause kam und ein Chaos vorfand. Ihre achtjährige Tochter Megan und der sechsjährige Matt waren mit Mrs. Alder, ihrem Babysitter, im Garten. Alle drei waren fast hysterisch. Elisabeth stellte hastig den Motor ab, stieß die Tür auf, sprang aus dem Wagen und rannte los, sicher, daß es brannte oder sonst etwas Schreckliches passiert war.

»Was ist? Was ist los? Ist jemand verletzt?«

»Baby!« jammerte Megan. »Sie ist im Baum.«

»Wir haben sie immer wieder gerufen, aber sie kann nicht runterkommen.«

»Sie sitzt da oben fest, und es wird schon dunkel.«

»Hol sie runter, Mom. Bitte.«

»Ich konnte nicht, Mrs. Burke, sonst hätte ich es getan«, ließ sich Mrs. Alder über den lauten Stimmen der Kinder vernehmen.

Elisabeth war erleichtert, daß ihre Befürchtungen unbegründet gewesen waren. Der Grund für die ganze Aufregung war nur ihr neues Kätzchen, das auf die Platane geklettert war und jetzt nicht wieder herunterkam.

»Jetzt beruhigt euch erst mal«, rief sie. »Nur keine Panik.«

»Aber sie ist doch noch so klein.«

»Und sie hat solche Angst. Hör nur, wie sie weint.« Matts Unterlippe begann wieder zu zittern.

»Wir werden Baby herunterholen, bevor es dunkel wird«, versprach Elisabeth. »Mrs. Alder, wenn Sie ...«

»Ich würde Ihnen gern helfen, Mrs. Burke, aber ich muß heute abend noch weg, und wenn ich jetzt nicht gehe, komme ich zu spät.«

»Ach so.« Elisabeth blickte zu dem Kätzchen hinauf, das kläglich miaute. »Gehen Sie ruhig, Mrs. Alder. Ich schaffe das schon allein.«

»Ich würde Ihnen wirklich gern helfen, wenn ich könnte. Ich habe ja auch ein schlechtes Gewissen, Sie jetzt allein zu lassen, aber …«

»Ich verstehe schon. Keine Sorge. Bis morgen.«

Mrs. Alder ging, und Elisabeth sah ihr mit einem gewissen Bedauern hinterher. Es hätte nicht geschadet, wenn sie Hilfe gehabt hätte, und sei es auch nur die Hilfe einer älteren Frau. Eine Witwe zu sein hatte eine Menge psychischer und gesellschaftlicher Nachteile, und manchmal war es regelrecht ärgerlich, wenn kein Mann im Haus war. In Momenten wie diesen wurde sie richtig zornig auf John, daß er sich hatte töten lassen und sie allein zurückgelassen hatte mit all den Pflichten, die eine Familie nun einmal mit sich brachte.

Aber wie schon unzählige Male zuvor, so biß Elisabeth auch nun die Zähne zusammen und beschloß, sich dem Problem ganz pragmatisch und mit der üblichen »WelcheWahlhabeichdennsonstschon?«-Einstellung zu nähern. Es war offensichtlich, daß die Katze nicht fliegen konnte, also konnte sie auch nicht wie ein kleines Vögelchen heruntergesegelt kommen.

Elisabeth und die Kinder standen unter dem Baum und dachten nach.

»Wie willst du da raufkommen, Mom?« fragte Megan besorgt.

»Ich glaube nicht, daß sie auf einen Baum klettern kann«, bemerkte Matt skeptisch.

»Natürlich kann ich das.« Elisabeth schaffte es, ihnen ein falsches, zuversichtliches Lächeln zuzuwerfen. »Lilah und ich sind früher oft auf Bäume geklettert.«

»Tante Lilah hat gesagt, du wärst immer ein Angsthase gewesen.«

»Da seht ihr mal wieder, wie wenig Tante Lilah weiß.« Ich habe ein Hühnchen mit ihr zu rupfen, wenn ich sie das nächste Mal sehe, dachte Elisabeth.

»Vielleicht sollten wir die Feuerwehr rufen«, schlug Matt vor.

»Matthew, bring mir die Trittleiter aus der Garage«, sagte Elisabeth. Sie wollte nicht, daß die Kinder sie für feige hielten. Der Junge rannte los. »Ich ziehe mich besser um, bevor ich ...«

»O Mom, bitte nicht.« Megan hielt ihre Mutter am Ärmel fest. »Baby ist ganz ruhig geworden, als sie dich gesehen hat. Wenn du jetzt ins Haus gehst, fängt sie vielleicht wieder an zu weinen, und das kann ich nicht ertragen. Wirklich nicht.« Tränen traten in Megans Augen, und Elisabeth konnte dem flehenden Blick ihrer Tochter nicht widerstehen. Außerdem kam in diesem Augenblick Matt mit der Trittleiter zurück.

»Sie ist nicht hoch genug, Mom.«

»Es muß reichen.« Elisabeth nahm die Leiter und stellte sie unter den Baum. »Also, auf geht's.« Sie zog ihre Pumps aus, stieg die paar Leiterstufen hinauf und reckte sich, bis sie den untersten Ast erreichte. Sie hielt sich fest und hing ein paar Sekunden in der Luft. Schließlich ertastete sie einen Vorsprung im Stamm, auf dem sie Halt fand. Matt sprang auf und ab und klatschte in die Hände.

»Hey, Mom, du bist genauso toll wie Rambo.«

»Danke«, murmelte Elisabeth durch zusammengebissene Zähne. Ihre Hände waren schon ganz aufgekratzt, und das Gemeine war, daß Lilah jetzt wie ein

Eichhörnchen hochgeklettert wäre, das Kätzchen gerettet hätte und wieder sicher auf den Boden zurückgekehrt wäre.

»Ich kann deinen Unterrock sehen«, bemerkte Megan.

»Tut mir leid, aber daran kann ich im Moment nichts ändern.« Endlich hatte Elisabeth es geschafft, sich auf den untersten Ast zu schwingen, wo sie einen Augenblick verschnaufte. Die Katze hatte wieder angefangen zu miauen.

»Beeil dich, Mom.«

»Ich beeile mich ja«, gab sie gereizt zurück. Sie kletterte vorsichtig den Baum hinauf, wobei sie darauf achtete, nicht nach unten zu schauen. Denn sie war nicht schwindelfrei.

Endlich hatte sie das Kätzchen erreicht. Sie hob es von dem Ast, auf dem es saß, und machte sich auf den Rückweg. Der Abstieg gestaltete sich bedeutend schwieriger, da sie sich nur mit einer Hand festhalten konnte. Auf halbem Weg den Baum hinunter rief sie den Kindern zu: »Ich werfe sie von hier aus runter. Du mußt sie fangen, Megan. Fertig?«

»Meinst du?«

»Ja, das meine ich. Fertig?«

»Fertig«, bestätigte Megan zweifelnd. Ohne auf die vorwurfsvollen Blicke ihrer Kinder zu achten, ließ Elisabeth das Kätzchen fallen. Es landete auf allen vieren genau vor Megans Füßen.

Das Mädchen griff nach der Katze, doch sie war so erschrocken, daß sie wie der Blitz davonschoß. Sie lief quer über den Rasen, durch die Hecke und genau zwischen die Füße von Thad Randolph. Die Kinder rannten schreiend hinter Baby her, ohne sich um die

Proteste ihrer Mutter zu kümmern, zu bleiben, wo sie waren.

Elisabeth lehnte die Wange gegen den Baumstamm und betrachtete ihre aufgescheuerten Handflächen. Dann lauschte sie resigniert den Stimmen ihrer Kinder, die dem Junggesellen, der in dem Haus hinter ihnen wohnte, erzählten, was passiert war.

Ab und zu konnte sie eine Bemerkung von Mr. Randolph hören, wie: »Was ihr nicht sagt!«

»Ich bin sicher, daß Baby Angst hatte.«

»Nein, natürlich war es nicht deine Schuld, Matt. Kleine Katzen klettern nun mal gern auf Bäume.«

»Und jetzt sitzt unsere Mom da oben fest.«

Elisabeth stöhnte und schloß die Augen. Sie hatte so gehofft, daß sich Mr. Randolph nur die Geschichte der beiden anhören würde. Sie stellte sich vor, wie er Megan und Matt mit einem freundlichen Klaps entließ und dann die Einkaufstüten ins Haus brachte, die er in den Armen gehalten hatte, als ihm die Katze zwischen die Füße gelaufen war.

Doch als sie die Augen wieder öffnete, sah sie durch die Äste der Platane, daß die Einkaufstüten auf der Motorhaube seines Jeeps standen und daß er das Kätzchen in den Händen hielt. Baby hatte sich zu einem Ball zusammengerollt und genoß es offensichtlich, verwöhnt zu werden.

»Eure Mutter hat das Kätzchen heru ntergeholt?«

»Ja. Aber sie ist noch oben im Baum. Mo-o-o-om!« rief Matt über den Rasen.

»Ich glaube, sie kommt nicht mehr runter«, meinte Megan.

»Ich … ich bin okay«, rief Elisabeth. Als sie hastig den Fuß auf den nächsttieferen Ast stellte, sah sie, wie Thad Randolph das schnurrende Kätzchen an Megan weitergab. Er blickte mit verengten Augen zum Baum hinüber, als ob er versuchte, die Lage abzuchecken. Dann setzte sich das Trio, mit Baby in Megans Armen, in Bewegung und kam auf den Baum zu.

»Sie ist nur eine Mom«, stellte Matt geringschätzig fest. »Ich glaube nicht, daß sie gut auf Bäume klettern kann.«

»Vorhin hast du gesagt, sie wäre so toll wie Rambo«, verteidigte Megan ihre Mutter.

»Raufgekommen ist sie, aber ich glaube nicht, daß sie wieder runterkommen kann.« Matt schaute feierlich zu Thad auf. »Sie wissen ja, wie Mütter sind.«

Inzwischen hatte die Gruppe den Baum erreicht. »Mrs. Burke?«

»Hallo, Mr. Randolph. Wie geht es Ihnen?«

Elisabeth sah, daß er Mühe hatte, ein Lächeln zu unterdrücken. »Ausgezeichnet. Und Ihnen?«

»Sehr gut.« Sie strich sich eine Haarsträhne aus den Augen. Sie unterhielten sich, als befänden sie sich auf einer Teeparty.

»Brauchen Sie Hilfe?«

»Danke, aber ich glaube, ich schaffe es allein. Es tut mir leid, daß meine Kinder Sie belästigt haben.«

»Zu Ihren Diensten, Mrs. Burke.« Sie sah, wie er die Stirn runzelte. »Sind Sie sicher, daß Sie es allein schaffen?«

Elisabeth blickte hinunter. Sie hatte das Gefühl, als ob der Boden unter ihr schwanken würde. »Z-ziemlich sicher.«

»Halten Sie sich an dem Ast da fest«, wies Thad sie an. »Nein, den anderen ... mit der rechten Hand. So ist es gut. Jetzt bewegen Sie Ihren linken Fuß ... das machen Sie prima.«

Unter seinen ruhigen Instruktionen kletterte Elisabeth den Baum hinunter. Sie hatte es fast geschafft, als alle das Geräusch von zerreißendem Stoff hörten.

»Oh!« Sie stand auf dem untersten Ast und hatte gerade den Fuß auf die Trittleiter stellen wollen.

»Was war das?« fragte Thad.

»Ich ... ich glaube, ich bin irgendwo hängengeblieben.«

»Womit?«

»Mit einem dieser Spitzendinger«, informierte Matt ihn bereitwillig. »Sie trägt lauter so durchsichtiges Zeug unter ihren Kleidern.«

»Matthew!« Elisabeths Wangen glühten, während sie sich verzweifelt bemühte, ihren Petticoat frei zu bekommen.

»Kommen Sie, lassen Sie mich das machen.« Thad stieg die Leiter hinauf.

»Ich schaffe es schon.«

»Konzentrieren Sie sich lieber darauf, sich mit beiden Händen festzuhalten. Nachher fallen Sie noch herunter.«

Elisabeth warf einen unsicheren Blick auf den Boden, der plötzlich unerklärlich weit weg zu sein schien.

Sie hielt sich fest, während ihr hilfsbereiter Nachbar ihren Rock hochschlug, die Hände in der Fülle von Stoff und Spitzen vergrub und nach der Stelle suchte, die sich am Ast verfangen hatte.

Es schien eine Ewigkeit zu dauern, bis er sie endlich gefunden hatte.

»So«, meinte er schließlich, »das wäre geschafft.« Er

befingerte das zerrissene Stück Stoff. »Es ist nur ein kleiner Riß. Vielleicht können Sie ihn stopfen.«

»Ja, vielleicht.« Elisabeth zog ihm den Spitzensaum ihres Petticoats vorsichtig aus den Fingern. »Vielen Dank.«

Als er so auf der Leiter stand, stellte Elisabeth fest, daß sein Gesicht auf gleicher Höhe war wie ihres. Sie war ihm noch nie vorher so nahe gewesen, jedenfalls nicht nahe genug, um zu erkennen, daß er tiefblaue Augen hatte. Und auch nicht nahe genug, um zu sehen, daß sein Haar gar nicht richtig grau war, sondern mit Schwarz durchsetzt, mit ziemlich viel Schwarz sogar.

Und noch weniger nahe genug, um zu riechen, welches Aftershave er benutzte; eins, das sie an Sättel, Ställe und Sex denken ließ. Und als sie sah, wie er ein kleines Stück Spitze, das abgerissen war, zwischen den Fingern hielt und unwillkürlich rieb, wurde ihr Mund ganz trocken.

»Keine Ursache«, meinte er, den Blick fest auf ihre Augen geheftet. »Sie zittern ja«, stellte er dann fest. »Kommen Sie, ich helfe Ihnen herunter.«

Er stieg von der Leiter und stellte sie beiseite. Dann langte er hoch und packte Elisabeth um die Taille. Er hatte große Hände, vertrauenerweckende Hände, und sie hielten sie in ihrem festen Griff.

»Legen Sie die Hände auf meine Schultern und beugen Sie sich vor«, befahl er. »Den Rest erledige ich allein.«

Elisabeth gehorchte blindlings. Der Stoff seines Hemdes fühlte sich weich an unter ihren zerschundenen Händen, als sie sie vorsichtig auf seine Schultern legte. Wie schmal ihre Hände auf seinen breiten Schultern wirkten!

Sein Griff verstärkte sich, als er sie von dem Ast hob. Elisabeth prallte gegen ihn und brachte ihn leicht aus dem Gleichgewicht. Er schlang schnell die Arme um sie, als er zurückstolperte und sie mit sich zog, doch dann hatte er wieder einen sicheren Stand.

Seine Brust war so fest wie eine Mauer. Sein ganzer Körper schien fest und stark zu sein. Elisabeth kam sich im Gegensatz zu ihm zierlich und hilflos vor. Ihre Sinne waren in Aufruhr geraten.

Unsinn. Ihr war immer noch schwindelig von dem ganzen Abenteuer. Von der Höhe. Das war alles. Aber warum hatte sie eigentlich noch immer keinen Boden unter den Füßen?

Weil sie immer noch schwebte. Thad hielt sie immer noch an sich gedrückt, und nun erst ließ er sie langsam heruntergleiten, bis ihre Füße das kühle Gras berührten. Ihr Busen wurde gegen seine Brust gedrückt, sie fühlte seinen Körper an ihrem.

Elisabeth spürte, wie sie von einer plötzlichen Hitzewelle gepackt wurde.

»Sind Sie in Ordnung?« erkundigte er sich.

Sie war überhaupt nicht in Ordnung, dennoch nickte sie.

Er ließ ihre Taille los, und Elisabeth trat einen Schritt zurück, brachte Abstand zwischen sich und ihn. Als sie dann endlich wagte, aufzuschauen und ihren Nachbarn anzublicken, stellte sie fest, daß er sie auf eine ganz eigenartige Weise ansah. Eine Weise, die gleich die nächste Hitzewelle in ihr auslöste.

2

»Hey, Mom, du guckst so komisch.«

Matts hohe Stimme riß Elisabeth aus ihrer Erstarrung. Sie preßte nervös die Hand auf ihre Brust, wo ihr Herz wie wild klopfte. »Ich, oh, ich glaube, ich hatte doch ein bißchen Angst, als ich auf den Baum geklettert bin. Wie geht es Baby?«

»Viel besser«, antwortete Megan. Das Kätzchen hatte sich an ihre Brust gekuschelt. »Sie schnurrt.«

Elisabeth kannte dieses Gefühl – am liebsten hätte sie auch geschnurrt. So herrlich lebendig hatte sie sich schon lange nicht mehr gefühlt, nicht mehr, seit … ach, es war schon so lange her, daß sie sich gar nicht mehr erinnern konnte. Aber es war auch schon eine verdammt lange Zeit her, seit ein Mann sie berührt hatte …

Wieder wagte sie es nicht, ihren Nachbarn anzuschauen, bis sie schließlich seinen Blick nicht länger vermeiden konnte. Obwohl es langsam dämmerte, strahlten seine Augen immer noch in diesem ungewöhnlich intensiven Blau, und auch sein Blick selbst hatte eine ungewöhnliche Intensität.

Elisabeth schluckte nervös.

»Vielen Dank, daß Sie mir vom Baum heruntergeholfen haben, Mr. Randolph.«

Ihr Nachbar lächelte. Er hatte schöne Zähne, bemerkte sie. Weiß und regelmäßig. »Keine Ursache. Aber nennen Sie mich doch bitte Thad.«

Sie erkannte ihr Spiegelbild in seinen Augen. Ihr Haar war zerzaust, ihre Bluse reif für die Waschmaschine, und auf ihrem Kinn war ein Schmutzfleck. Sie räusperte sich verlegen.

»Kommt, Kinder, es wird dunkel. Zeit, daß wir hineingehen. Matt, bring bitte die Leiter in die Garage zurück.«

»Warum immer ich?« protestierte er. »Ich habe sie geholt, dann kann Megan sie wieder wegbringen.«

»Ich muß mich um Baby kümmern«, wandte Megan ein.

»Jetzt darf ich sie haben. Du glaubst, es ist deine Katze, aber das ist sie nicht.«

»Ich habe gefragt, ob wir sie haben dürfen.«

»Ja, aber sie gehört auch mir.«

»Aber nicht mehr.«

»Sie gehört uns beiden, nicht, Mom?«

Normalerweise blieb Elisabeth bei solchen Streitereien gelassen und bemühte sich, sie zu schlichten. Doch heute war ihre Geduld schon zu sehr strapaziert worden.

»Werdet ihr beide jetzt aufhören, euch zu zanken, und tun, was ich sage?«

Als ob es nicht schon schlimm genug war, daß sie im Baum hängengeblieben war, zeigten sich nun die Kinder vor ihrem Nachbarn auch noch von ihrer schlechtesten Seite.

»Bevor ihr ins Haus geht, möchte ich euch etwas zeigen«, mischte sich Thad Randolph beschwichtigend ein.

Alle drei fuhren herum. »In meiner Garage.« Er lächelte Elisabeth an. »Ich bin sicher, die Kinder würden es schrecklich gern sehen.«

»Die jungen Hunde?« fragte Megan mit großen Augen. »Sind Sie schon geboren?«

»Gestern Nacht. Vier Stück.«

»O Mom, dürfen wir sie uns ansehen?«

Elisabeth überlegte einen Augenblick. »Also gut«, meinte sie schließlich. »Aber zuerst bringt ihr die Leiter in die Garage zurück.«

Matt marschierte mit der Trittleiter davon. Megan ging mit ihm und hielt ihm die Tür auf.

»Sie haben doch nichts dagegen, oder?«

Elisabeth drehte sich zu Thad um. »Natürlich nicht. Die Kinder haben mir erzählt, daß Ihr Setter Junge bekommen würde.« Erst jetzt wurde ihr bewußt, wie groß Thad war. Sie reichte ihm kaum bis zum Kinn. »Ich hoffe nur, daß sie die junge Hundemutter nicht aufregen.«

»Penny ist der bravste Hund, den ich je gehabt habe. Und sie ist ganz verrückt nach Ihren Kindern.«

Elisabeth verschränkte nervös die Arme vor ihrer Brust. »Wenn die beiden Sie stören, sagen Sie es bitte. Es kommt mir vor, als ob sie ständig in Ihrem Garten sind. Ich habe ihnen gesagt, sie sollten da wegbleiben, aber …«

»Sie stören mich überhaupt nicht. Ich sehe ihnen sogar gern beim Spielen zu.«

Tausend Fragen schossen Elisabeth durch den Kopf – hatte er eigene Kinder? Wenn nicht, warum nicht? Und wenn ja, lebten sie bei seiner Exfrau? Gab es eine Exfrau? Oder war er, genau wie sie, verwitwet?

In diesem Augenblick kamen Matt und Megan zurückgerannt. »Ich habe Baby ins Haus gebracht, damit sie die kleinen Hunde nicht erschreckt«, erklärte Megan.

»Dann laßt uns gehen.«

Thad wandte sich in Richtung seiner Garage. Alle Häuser des Blocks waren in den dreißiger Jahren erbaut worden. Vor rund zehn Jahren war es in Mode gekommen, daß junge Familien diese Häuser kauften und renovierten, wie es John und Elisabeth Burke getan hatten.

»Faßt die Hunde nicht an, hört ihr?« rief Elisabeth den Kindern nach, die schon vorausrannten. »Und kommt sofort zurück.«

»Kommen Sie nicht mit?« Thad blieb stehen und drehte sich um.

»Ich – oh – sollte ich denn?« stotterte sie. »Ich meine, wollen Sie denn, daß ich mitkomme?«

»Natürlich. Kommen Sie.« Er streckte die Hand aus, doch Elisabeth übersah sie geflissentlich. Aber sie ging neben ihm her und strich sich ein paar Strähnen, die sich aus dem festen Knoten in ihrem Nacken gelöst hatten, hinter die Ohren.

Die ganze Sache kam ihr irgendwie bizarr vor. Sie hatte ihre Schuhe noch nicht wieder angezogen und lief noch immer auf Strümpfen. Das Gras fühlte sich feucht und kalt unter ihren Fußsohlen an. In der vergangenen Woche hatte es nachts zum ersten Mal gefroren, und allmählich fielen die Blätter von den Bäumen. Manchmal trat sie auf ein Blatt, und es zerbrach knirschend. Die Sonne war fast ganz hinter dem Horizont versunken, und die benachbarten Gärten waren in tiefe violette Schatten gehüllt.

Elisabeth fühlte sich verpflichtet, Konversation zu machen, aber ihr fiel nichts ein, worüber sie hätte reden können. Schließlich sagte sie:

»Mir gefällt die Farbe, mit der Sie Ihre Fensterrahmen gestrichen haben.«

»Danke. Ich habe ziemlich lange dafür gebraucht«, antwortete er.

»Sie haben ja auch viele Fenster.«

»Und ich hasse Anstreichen!«

»Glücklicherweise war Ihr Haus gerade renoviert worden, bevor Sie es gekauft haben«, meinte sie. Er mußte jetzt ungefähr ein halbes Jahr da leben, ganz genau konnte sie sich jedoch nicht daran erinnern, wann er eingezogen war.

»Sonst hätte ich es auch nicht gekauft«, erwiderte er.

Sie hatten inzwischen die hintere Tür seiner Garage erreicht. Thad öffnete sie und trat dann beiseite, um Elisabeth den Vortritt zu lassen. Unsicher zwängte sie sich an ihm vorbei. Drinnen war es dunkel, denn das Tor zur Straße war geschlossen. Nur eine einzelne schwache Glühbirne brannte über dem Lager, das Thad für seine Irish-Setter-Hündin und ihre Jungen hergerichtet hatte.

Trotz Elisabeths Ermahnungen, die Welpen nicht anzufassen, hockten ihre Kinder auf dem Stapel alter Decken und streichelten die neue Mutter und ihre Kleinen. Elisabeth hatte Angst, daß Megan und Matt den jungen Hunden in der Aufregung weh tun könnten, und ermahnte sie noch einmal, vorsichtig zu sein.

»Es ist schon in Ordnung«, beruhigte Thad sie. Er legte die Hand unter ihren Ellbogen und schob sie vorwärts.

»Dürfen wir eins auf den Arm nehmen, Mom? Bitte«, bettelte Megan.

»Ich weiß nicht«, erwiderte Elisabeth unsicher. Der Setter sah zwar brav aus, aber man konnte nie wissen, wie eine Hündin reagierte, wenn sie Junge hatte.

»Ich glaube nicht, daß Penny etwas dagegen hat, wenn ihr ganz vorsichtig seid«, meinte Thad.

Behutsam nahm jedes Kind einen Hund in die Hand. Auch Elisabeth konnte sich dem Charme der kleinen Setter nicht entziehen.

»Oh, sind die niedlich«, flüsterte sie und hockte sich hin, um sich die Jungen genauer anzusehen. Penny, die Mutter, genoß es sichtlich, im Mittelpunkt der Aufmerksamkeit zu stehen.

»Möchten Sie auch eins halten?« fragte Thad. Elisabeth sah ihn nachdenklich an. Thad hatte sich ihr gegenüber hingekniet, zwischen ihnen lag die kleine Hundefamilie auf dem Bett aus alten Decken. Die eine Hälfte seines Gesichts lag im Schatten, und das Licht der Glühbirne ließ einzelne Strähnen seines Haars aufleuchten, vor allem die silbernen.

Er hatte kein glattes, nichtssagendes Gesicht, sondern eins, in das die Jahre und das Leben ihre Zeichen eingegraben hatten, aber es war ein starkes, gutaussehendes Gesicht. Es verriet, daß er ein beständiger, integrer Mann war. Einer, der keinen Streit provoziert, aber dennoch keiner, der auch die andere Wange hinhält.

Aber auch Kummer und Schmerz konnte sie in seinen Zügen lesen. Und Sensibilität. Und Sinnlichkeit – was sich vor allem an seinem schön geschwungenen Mund zeigte. Er wirkte anziehend und ungeheuer männlich, und Elisabeth spürte, wie er eine ganz besondere Wirkung auf sie ausübte. Schnell verbot sie sich diese Gedanken.

Immer noch schaute er sie fragend an, denn sie hatte noch nicht geantwortet.

Als Elisabeth zögernd nickte, nahm er ein Junges

und zog es von der Zitze seiner Mutter weg. Es protestierte mit einem quietschenden Laut, und alle mußten lachen. Thad legte das weiche Knäuel in Elisabeths Hände.

Sie hob den kleinen Hund an ihr Gesicht und rieb ihre Wange an seinem weichen Fell. »Er ist – Es ist doch ein er, nicht wahr?«

Thad nickte grinsend. »Ich glaube schon. Es sind drei Männchen und ein Weibchen.«

»Man kann es sehen, wenn man sich ihre Bäuche ansieht«, meldete sich Matt altklug zu Wort. »Die Jungen haben Penisse.«

»Bah!« Megan schüttelte sich. Sie hob den Hund hoch, den sie hielt, und schaute unter seinen Bauch. Nachdem sie sich vergewissert hatte, daß sie das Weibchen hatte, drückte sie es wieder zufrieden an ihre Brust.

Elisabeth räusperte sich laut. Sie konnte Thads amüsierten Blick fühlen. »Er ist so weich«, murmelte sie, als der junge Hund an ihrer Wange schnupperte.

»Gefallen sie dir, Mom?« wollte Matt wissen.

»Natürlich gefallen sie mir. Sie sind bildschön.«

»Können wir einen haben?«

»Matthew!« Hatte sie ihren Kindern keine besseren Manieren beigebracht?

»Bitte!«

»Können wir, Mom?« mischte sich Megan ein.

»Nein.«

»Warum nicht?«

»Weil wir gerade Baby bekommen haben. Und ein Haustier ist genug.«

»Wir kümmern uns auch um ihn, ehrlich.«

»Ich sagte nein.«

»Aber, Mom ...«

»Augenblick mal, Matt«, unterbrach Thad ihn. »Die Kleinen sind schon alle versprochen.«

»Alle?« fragte der Junge enttäuscht.

»Ja. Tut mir leid.«

»Ist schon okay«, murmelte Matt mit gesenktem Kopf.

Thad legte den Finger unter sein Kinn und hob es hoch. »Vielleicht können wir eure Mom überreden, daß ihr einen haben dürft, wenn Penny das nächste Mal Junge bekommt, okay?«

Matts Gesicht hellte sich auf. »Okay!« Er legte das Junge, das er gehalten hatte, wieder zu seiner Mutter. »Ich werde Tim erzählen, daß ich die kleinen Hunde als erster gesehen habe und daß wir auch einen bekommen, wenn Penny das nächste Mal Babys hat.« Er konnte es nicht erwarten, seinem besten Freund die Neuigkeit zu erzählen.

»Warte auf mich.« Megan legte die kleine Hündin zurück, und sie und Matt liefen zur Garagentür.

»Paßt auf, wenn ihr die Straße überquert«, rief Elisabeth ihnen nach. »Und seid in fünf Minuten wieder zu Hause. Es ist Zeit zum Abendessen.«

»Okay, Mom.« Die Tür knallte hinter den beiden zu.

Elisabeth blickte Thad an und lächelte hilflos. »Was habe ich bloß falsch gemacht?«

Er lachte über ihre kummervolle Miene. »Sie haben gar nichts falsch gemacht. Es sind großartige Kinder. Sie sind eben ziemlich temperamentvoll.« Er streichelte Pennys Kopf, und die Setterhündin leckte ergeben seine Hand.

Plötzlich fand Elisabeth es viel zu still in der Garage. Sie fühlte sich unbehaglich. Sie kannte diesen Mann doch kaum, und nun war sie ganz allein mit ihm hier.

Sie räusperte sich. »Nun, ich glaube, ich sollte jetzt besser nach Hause gehen und das Abendessen machen.« Sie beugte sich vor und legte den jungen Hund zu seiner Mutter zurück. Als sie die Hände zurückzog, beugte Thad sich vor und hielt sie fest. Er drehte ihre Handflächen nach oben ins Licht. »Was haben Sie mit Ihren Händen gemacht?«

Der Schock seiner Berührung war so groß, daß Elisabeth zuerst kein Wort herausbrachte. »Der Baum«, sagte sie dann. »Ich habe sie an der Rinde aufgescheuert.«

»Wenn Sie nach Hause kommen, sollten Sie sie mit einer desinfizierenden Seife waschen und eine Salbe auftragen.«

»Das werde ich tun.«

Thad lächelte. »Wie komme ich eigentlich dazu, einer Mutter von zwei Kindern Erste-Hilfe-Ratschläge zu geben?«

Sie erwiderte sein Lächeln und entzog ihm langsam ihre Hände. Dann standen sie auf und gingen zusammen zur Tür. »Ich wußte gar nicht, daß Sie ein Motorrad besitzen«, bemerkte Elisabeth, als sie die Maschine sah, die in der einen Hälfte der Doppelgarage stand.

»Ich habe es gekauft, als ich aus Vietnam zurückkam. Motorradfahren ist ein Hobby von mir, aber leider habe ich nur an den Wochenenden Zeit dafür.«

Vietnam? War er Soldat gewesen? »Ich finde, Sie sind eigentlich nicht der Typ für ein Motorrad.«

Seine Hand verharrte auf dem Türknopf.

»Der Typ? Sie gehören doch wohl nicht zu diesen Erzkonservativen, die jeden, der auf einem Motorrad sitzt, für degeneriert halten, oder?«

»Natürlich nicht.«

»Das freut mich. Vielleicht fahren Sie mal mit. Das heißt, wenn Sie Lust haben.«

»Oh, ich glaube nicht.« Elisabeth betrachtete skeptisch das Motorrad. »Aber jetzt muß ich gehen. Die Kinder werden mich sicher schon suchen.«

Thad hielt die Tür auf, und Elisabeth trat in die kühle Abendluft hinaus.

»Ich mag das Spitzenzeug, das Sie unter Ihren Kleidern tragen.«

»Was?« Sie fuhr überrascht herum.

Thad lächelte entwaffnend. »Ich habe nur Matt zitiert.«

Thad betrachtete sie mit jenem typischen Männer-Blick: besitzergreifend, selbstsicher, herausfordernd.

»Ich mag Frauen, die sich wie Frauen kleiden.«

»Danke. Ich trage gerne feminine Sachen. Außerdem ist es gut für mein Geschäft.«

»Richtig. Sie verkaufen ja Damenwäsche in Ihrer Boutique, nicht wahr?«

Als er ihren erstaunten Ausdruck sah, fuhr er fort: »Als ich einmal im Cavanaugh war, habe ich Sie durch das Fenster des *Fantasy* gesehen.«

»Oh.«

Elisabeth fragte sich unwillkürlich, was er dort gemacht hatte. Dann zuckte sie im Geist die Schultern. Was ging es sie an?

»Wenn Sie wieder einmal im Hotel sind, schauen Sie doch vorbei.«

»Danke. Das werde ich tun. Vielleicht kaufe ich sogar etwas. Ihre Ware sah … interessant aus.«

Bildete sie es sich ein, oder blickte er bei seinen Worten tatsächlich auf ihre Brüste, die sich unter ihrer Bluse abzeichneten?

»Nun, nochmals vielen Dank, daß Sie mir vom Baum heruntergeholfen haben.«

»Es war mir ein Vergnügen.«

»Gute Nacht, Mr. Randolph.«

»Gute Nacht, Elisabeth.«

Er hatte sie absichtlich beim Vornamen genannt, nachdem sie es vermieden hatte, ihn mit seinem anzureden, dachte Elisabeth. Wieder stieg jene seltsame Erregung in ihr auf. Sie nickte knapp und wandte sich abrupt ab.

Als sie an der Platane vorbeikam, bückte sie sich und hob ihre Schuhe auf, machte sich aber nicht die Mühe, sie wieder anzuziehen. Eilig ging sie zur Hintertür ihres Hauses, und erst nachdem sie sie hinter sich geschlossen hatte, erlaubte sie sich einen tiefen Seufzer der Erleichterung.

Doch in genau diesem Moment hörte sie die Kinder an der Vordertür hereinkommen, und sie wußte, sie mußte sich zusammennehmen.

»Mom?«

»Bin hier!« Sie ließ die Schuhe auf den Boden fallen und ging hinüber zum Kühlschrank. Gott sei Dank hatte Mrs. Alder nicht vergessen, das Gehackte aus der Kühltruhe zu nehmen.

»Was gibt's zum Abendessen?« wollte Megan wissen, die gerade mit ihrem Bruder in die Küche kam.

»Hamburger.«

»Darf ich diesmal den Grill anzünden?« fragte Matt.

»Nein, ich brate sie heute in der Pfanne.«

»Och, Mom, sie schmecken aber viel besser, wenn sie draußen gegrillt werden!«

»Aber nicht heute abend!«

»Warum?«

Himmel! Wie sie diese Frage haßte! »Weil ich eure Mutter bin – und weil ich es so will!« antwortete sie bestimmt. »Und jetzt geht euch die Hände waschen, und wenn ihr fertig seid, kommt ihr wieder her und deckt den Tisch.«

Sie schlichen hinaus und murmelten dabei irgend etwas über Ungerechtigkeit vor sich hin. Auch Elisabeth lief das Wasser im Mund zusammen, wenn sie an Hamburger dachte, die draußen über dem Feuer gegrillt wurden. Aber sie wollte an diesem Abend nicht noch einmal hinausgehen. Den ganzen Sommer über war sie sich stets Thads Anwesenheit bewußt gewesen.

Warum nur konnte sie mit ihm nicht normal umgehen? Jedesmal hatte sie sich überlegt, ob sie ihm einen Gruß zurufen sollte, wie sie es bei den anderen Nachbarn ganz selbstverständlich tat. Sollte sie ihm zuwinken? Es ging ihr an die Nerven, daß sie sich nie sicher war, wie sie sich verhalten sollte.

Jedesmal hatte sie sich gesagt, wenn er mich nicht gesehen hat, dann will ich ihn auch nicht auf mich aufmerksam machen, sonst könnte er noch glauben, sie bemühte sich darum, daß er sie beachtete. Und wenn er sie gesehen hatte, dann wollte sie nicht, daß er wußte, daß sie es bemerkt hatte. Also war es ihr immer als klüger erschienen, ihn einfach zu ignorieren.

Nun ja, wenn sie ehrlich war, dann mußte sie zugeben, daß man ihr Benehmen im besten Fall als albern und im schlimmsten als grob und unhöflich bezeichnen konnte, aber als Witwe mußte sie nun einmal besonders auf ihren Ruf achten. Auch auf das Risiko hin, als unfreundlich zu gelten, hatte Elisabeth seit dem Tod ihres Mannes jeden privaten Kontakt zum anderen Geschlecht unterbunden.

An jenem Morgen, als sie John wie immer zum Abschied noch einmal von der Tür aus zugewinkt hatte, hätte sie nie geglaubt, daß sie ihn da zum letzten Mal lebend sah. Sie war ein wenig abgelenkt gewesen, denn Megan war im letzten Moment eingefallen, daß sie für den Kunstunterricht in der Schule noch Strohhalme und Karton brauchte.

Elisabeth hatte noch nicht einmal darauf geachtet, welches Hemd und welche Krawatte John trug. Ihr war auch nicht aufgefallen, daß er einen neuen Haarschnitt dringend nötig gehabt hätte – bis sie ihn im Leichenschauhaus wiedergesehen hatte, wohin man sie gerufen hatte, um seinen Leichnam zu identifizieren. Zig Autos waren bei einem Auffahrunfall auf dem Freeway ineinandergefahren, und seins war dabeigewesen.

Elisabeth hatte sich erst nach Tagen an ihr letztes Gespräch erinnern können, an ihren letzten Kuß, an das letzte Mal, daß sie sich geliebt hatten. Aber woran sie sich immer erinnern würde, das waren sein Lächeln und sein Lachen, seine Freundlichkeit und seine Sorge um andere, an seine süße, sanfte Art, sie zu lieben, und an die Träume, die er für die Zukunft gehabt hatte.

Er war ein liebenswürdiger Mann gewesen, der ihr zwei reizende Kinder geschenkt hatte und immens viel Glück. Sein Tod hatte eine Leere in ihrem Herzen hinterlassen, die sie nie wieder würde füllen können.

Diese Leere plagte sie an diesem Abend viel schlimmer als gewöhnlich, und aus diesem Gefühl heraus nahm sie ihre Kinder, als sie in die Küche zurückkehrten, in den Arm und drückte sie ganz fest an sich, doch die beiden schienen verlegen zu sein über diesen Gefühlsausbruch und wanden sich aus ihrer Umarmung.

Als sie die Kinder an sich drückte, war es mehr gewesen als nur der Ausdruck ihrer mütterlichen Liebe. Es zeigte, wie verzweifelt Elisabeth sich nach menschlicher Nähe sehnte. Die Liebe und die Zuneigung eines Partners fehlten ihr. Die Liebe eines Mannes. Manchmal sehnte sie sich so sehr danach, daß es fast schmerzte.

Als schließlich die Lichter im Haus gelöscht waren und Ruhe eingekehrt war, betrat Elisabeth ihr Schlafzimmer und schaltete die Stehlampe an, die neben ihrem Bett stand und deren Leuchten wie der Kelch einer Lotosblüte geformt waren. Einige Monate nach Johns Tod hatte sie dieses Zimmer komplett neu eingerichtet, weil es zu viele schmerzhafte Erinnerungen barg.

Es war genauso geworden, wie sie es sich vorgestellt hatte, aber die rechte Freude konnte sie nicht daran finden. Einen so schönen Raum sollte man eigentlich mit einem anderen Menschen teilen. Aber genausogut hätte Elisabeth auch in einer Klosterzelle leben können. Lilah hatte schon recht. Es machte keinen Spaß, wie eine Nonne zu leben. Die Aussicht, jeden Abend allein ins Bett zu gehen, war nichts, worauf man sich freuen konnte. Sie vermißte den Trost, den es verschaffte, wenn man neben sich einen warmen Körper liegen spürte.

Aber was konnte eine Witwe mit zwei Kindern, die Wert auf einen ordentlichen Lebenswandel legte, schon tun, um ihren Zustand der Keuschheit zu beenden? Nichts! Im Gegensatz zu Lilahs Meinung konnte sie nicht einfach hingehen und sich den nächstbesten attraktiven Mann schnappen, um das Verlangen ihres Körpers zu stillen. Wie oft hatte sie sich schon gewünscht, daß es eine Pille gäbe, die einem die sexuelle Lust nahm, so wie man Kopfschmerzen durch Aspirin zu beseitigen pflegte!

Und dank Lilahs Laien-Psychologie waren ihre Gefühle an diesem Tag völlig durcheinandergeraten. Sie hatte sich Thad ... Mr. Randolph gegenüber wie eine komplette Närrin benommen. Wahrscheinlich lachte er jetzt noch darüber, wie verlegen sie geworden war, als er sie aus dem Baum gerettet hatte.

Ärgerlich auf sich selbst, daß sie bei dem Anblick von einem Paar ungewöhnlich blauer Augen und breiter Schultern fast dahingeschmolzen war, machte sie die Lampe aus und stieg ins Bett. Aber sie konnte der Versuchung, durch die Schlitze in den Fensterläden zu spähen, nicht widerstehen.

Er hatte noch Licht an, und sie konnte seinen Schatten hinter den Vorhängen erkennen. Er saß in einem Sessel und sah fern. Auch er war allein. Sie fragte sich unwillkürlich, ob das seine eigene Entscheidung war oder ob er das Alleinsein genauso haßte wie sie selbst.

»Und was geschah dann?«

»Dann mußte er hochklettern und sie runterheben.«

»Mr. Randolph?«

»Er hat seine Hände ... hier hingelegt.«

»Aber das war, nachdem sie sich den Unterrock zerrissen hatte.«

»Sie hat sich den Unterrock zerrissen? Den Teil habt ihr unterschlagen. Wie war das mit dem Unterrock?«

»Guten Morgen.«

Drei Köpfe fuhren herum beim Klang von Elisabeths verschlafener Stimme. Sie band den Gürtel ihres alten Morgenrocks zu, warf ihrer Schwester einen giftigen Blick zu und steuerte auf die Kaffeekanne los.

»Warum habt ihr mich nicht geweckt?« fragte sie, während sie Süßstoff in den schwarzen Kaffee gab.

»Weil ich fand, du solltest dich mal richtig ausschlafen.« Mit einem unschuldigen Lächeln biß Lilah in ein knuspriges Stück Speck.

»Ich sehe, ihr habt schon gefrühstückt.« Auf dem runden Küchentisch standen drei sirupverschmierte Teller.

»Ich habe Pfannkuchen für die Kinder gemacht. Möchtest du welche?«

»Nein«, erwiderte Elisabeth unfreundlich. Normalerweise wäre sie dankbar gewesen, daß Lilah vorbeigekommen war, um den Kindern Frühstück zu machen, damit sie länger schlafen konnte. Samstags war der Laden nur von zwölf bis fünf geöffnet. Es war der einzige Tag in der Woche, an dem sie länger als bis halb sieben schlafen konnte. »Macht eure Betten und werft eure schmutzige Wäsche in den Wäschekorb«, wandte sie sich gereizt an Matt und Megan.

»Darf ich dann rausgehen und spielen?«

»Ja.« Elisabeth mußte gegen ihren Willen lächeln, als die Kinder hinauseilten.

»Die beiden sind wirklich reizend«, bemerkte Lilah, als sie allein waren.

»Und so gesprächig. Besonders, wenn jemand kommt und sie ausfragt.«

»Ich habe sie nicht ausgefragt«, protestierte Lilah. »Ich wollte nur wissen, was es Neues gibt, und sie haben es mir erzählt.« Sie stützte die Ellbogen auf den Tisch und beugte sich vor. »Hat dieser mysteriöse Mr. Randolph dich wirklich gestern abend aus dem Baum gerettet?«

Wie hätte sie das nun noch leugnen können? »Ja, wirklich.«

»Volltreffer!« Lilah klatschte in die Hände.

»Hör auf mit dem Unsinn. Es war nicht halb so dramatisch, wie du zu glauben scheinst.«

»Wir waren gerade beim interessanten Teil, als du hereinkamst. Wie war das mit dem zerrissenen Unterrock?«

»Nichts. Mein Unterrock hatte sich an einem Zweig verfangen.«

»Und Mr. Randolph hat dich befreit?« Lilahs Grinsen wurde immer breiter.

»Ja, aber es war eine demütigende Erfahrung. Ich kam mir ziemlich dumm vor.«

»Wie ist er? Was hat er gesagt?«

»Vergiß es, Lilah. Er ... er ist schon älter.«

»Was heißt das, schon älter?«

»Nun, ich habe bemerkt, daß er schon die ersten grauen Haare hat. Er ist zu alt für mich.«

Lilah runzelte die Stirn. »Wie grau? Wie alt?«

»Ich weiß nicht. Ich habe nicht gefragt.«

»Hm, nun, es ist immerhin ein Anfang. Wenigstens hast du seine Aufmerksamkeit erregt.«

»Ich habe es nicht mit Absicht getan.«

»Das Endresultat ist dasselbe.«

»Es gibt kein Endresultat, verdammt noch mal.«

»Hör auf, mich anzuschreien, Elisabeth. Ich will doch nur dein Bestes.«

»Ist aber verdammt nicht nötig!«

Lilah lehnte sich auf ihrem Stuhl zurück und

seufzte. »Meine Güte, du hast vielleicht eine Laune heute morgen! Weißt du, was ich glaube? Ich glaube, du wärst viel besser gelaunt, wenn sich dein Mr. Randolph länger mit deinem Petticoat beschäftigt hätte.«

»Er ist nicht *mein* Mr. Randolph, Lilah«, erwiderte Elisabeth warnend.

Lilah zuckte mit den Schultern. »Hier, lies das. Ich wasche inzwischen das Geschirr ab.« Sie warf Elisabeth eine Zeitschrift zu, bevor sie begann, den Tisch abzuräumen. Es war eine bekannte Monatsschrift, die einen großen weiblichen Leserkreis hatte. »Seite zehn.«

Elisabeth schlug die genannte Seite auf. Nachdem sie die Überschrift der Anzeige gelesen hatte, schaute sie ihre Schwester an, doch Lilah tat, als ob sie es nicht bemerkte.

Bis Elisabeth die lange Anzeige gelesen hatte, hatte Lilah alle Teller abgespült und in den Geschirrspüler gestellt. Sie kehrte an den Tisch zurück, und die beiden Schwestern blickten sich an.

»Nun?« fragte Lilah schließlich.

»Was, nun?«

»Was hältst du von der Idee?«

»Das ist doch wohl nicht dein Ernst! Du erwartest von mir, daß ich meine Phantasien niederschreibe, damit sie veröffentlicht werden?«

»Allerdings.«

»Du bist krank.«

»Ich bin normal. Und du auch. Genauso wie deine Phantasien. Nur wette ich, daß sie viel romantischer sind als andere. Was könnte es schaden, sie aufzuschreiben und für das Buch einzuschicken, das dieser Herausgeber zusammenstellen will?«

»Was es schaden könnte?« rief Elisabeth. »Du hast wohl vergessen, daß ich zwei Kinder habe.«

»Sie werden wohl kaum eins der Bücher kaufen, oder?«

»Gib es auf, Lilah. Deine Idee ist absurd. So etwas würde ich nie tun. Ich bin eine Mutter. Eine Witwe.«

»Aber du bist keine Oma. Du bist eine junge, attraktive Frau, deren Mann zufällig frühzeitig gestorben ist. Hier steht, daß sie Geschichten von ›Durchschnittsfrauen‹ suchen. Du wärst also genau richtig. Das einzige, was an dir nicht durchschnittlich ist, ist dein Liebesleben. Du hast nämlich keins. Aber«, fügte sie hastig hinzu, als sie sah, daß Elisabeth den Mund zu einem Protest öffnete, »das kann ein Vorteil sein. In diesem Fall dürften deine Phantasien wirklich knistern.«

Elisabeth verdrehte die Augen. »Ich kann nicht. Ich weiß nicht, wie du überhaupt auf die Idee kommst, ich könnte es.«

»Hör zu.« Lilah legte die flache Hand auf den Tisch. »Du schreibst die Phantasien, so viele du willst. Den Rest mache ich. Ich schicke sie unter einem Pseudonym ein, so daß du anonym bleibst. Du brauchst dann nur noch den Scheck einzulösen, den der Herausgeber dir schickt, wenn deine Manuskripte ausgewählt werden.«

»Den Scheck?«

»Hast du den Teil nicht gelesen?«

»So weit bin ich nicht gekommen.«

»Da.« Lilah zeigte auf den Abschnitt. »Sie zahlen zweihundertfünfzig Dollar für jede Geschichte, die veröffentlicht wird.«

Obwohl die Vorstellung ihr widerstrebte, war Elisabeths Interesse doch geweckt. Sie hatte fast das ganze Geld, das sie von Johns Lebensversicherung bekommen hatte, und ihre gesamten Ersparnisse gebraucht, um ihren Laden zu finanzieren. Zwar hatte sie von Anfang an Profit gemacht, da es viel Laufkundschaft im »Cavanaugh« gab, aber es war immer nur ein geringer Profit gewesen. Es langte gerade zum Leben, nicht aber für irgendwelche Extravaganzen. Und je älter die Kinder wurden, desto mehr Geld kosteten sie. Elisabeth hatte sich schon oft Sorgen darüber gemacht, wie sie später einmal das College für die beiden finanzieren sollte.

Aber auf der anderen Seite erschien es ihr nicht unbedingt als eine sehr achtbare Möglichkeit, Geld damit zu verdienen, daß sie ihre geheimsten Phantasien aufschrieb.

»Ich kann nicht schreiben«, sagte sie schließlich.

»Woher willst du das wissen? Hast du es schon mal ausprobiert? Früher in der Schule warst du in Englisch immer eine der besten. Außerdem, nach dem, was ich gehört habe, ist Schreiben zu neunundneunzig Prozent eine Sache der Vorstellungskraft. Und davon hast du wirklich mehr als genug, Lizzie«, meinte Lilah, die sich immer mehr für die Idee erwärmte. »Das ist etwas, worauf du dich dein ganzes Leben lang vorbereitet hast. Niemand ist eine größere Tagträumerin als du. Es wird Zeit, daß du dein Hobby endlich richtig vermarktest.«

»Es geht einfach nicht.«

»Warum nicht? Es wird unser kleines Geheimnis bleiben, genau wie damals, als wir Großmutters Hausschuhe vor dem Bett am Boden festgeklebt haben.«

»Wenn ich mich recht entsinne, war das auch deine

Idee. Und ich bekam den Hintern versohlt, weil ich mitgemacht hatte.«

»Es war den Spaß wert«, entgegnete Lilah achselzuckend.

Elisabeth seufzte. »Wie auch immer, ich habe keine Zeit zum Schreiben, selbst wenn ich wollte.«

»Was machst du denn sonst abends?«

Elisabeth stand auf und ging zur Kaffeemaschine, die auf der Arbeitsplatte stand. »Es wäre nur peinlich für mich, wenn jemand meine Phantasien lesen würde.«

»Gut! Das heißt, daß sie pikant sind. Das ist genau das, was sie wollen. Siehst du?« Lilah deutete auf die Anzeige. »›Freizügig, aber geschmackvoll‹«, las sie vor. »Also, was ist? Machst du es jetzt oder nicht?«

»Ich mache es nicht. Wenn du so begeistert bist von der Idee, warum schreibst du nicht selbst etwas?«

»Weil ich nicht deine Phantasie habe. Wirklich, Elisabeth, du solltest es versuchen.«

Elisabeth merkte, wie sie schwach wurde. Der Gedanke, endlich einmal etwas nur für sich selbst zu tun und nicht für ihre Kinder oder für ihr Geschäft, hatte etwas Verlockendes. Es wäre eine Herausforderung, die sie gebrauchen konnte.

»Ich weiß nicht, Lilah«, meinte sie unsicher. »Es scheint so ... so ...«

Ihre Stimme brach ab, als sie aus dem Fenster schaute. Auf dem Nachbargrundstück war Thad Randolph dabei, aus Holz und Draht etwas zusammenzunageln, das wie ein kleines Gehege aussah. Wahrscheinlich für die jungen Hunde. Matt assistierte ihm und hielt die Nägel. Megan saß in der alten Schaukel, die ein früherer Besitzer von Thads Haus am Ast einer alten Eiche aufgehängt hatte, und gab kluge Ratschläge. Auf ihrem Schoß lag Baby und schlief.

»Was ist los?« Lilah trat hinter ihre Schwester und spähte durch das Fenster über der Spüle.

»Ach, sieh mal an. Schon älter, ja?« bemerkte sie trocken, als sie Thad sah.

Elisabeth wandte sich hastig ab und schenkte sich noch eine Tasse Kaffee ein. »Ich habe dir gesagt, ich könnte sein Alter nicht schätzen.«

»Lizzie, Männer, die so aussehen, altern nicht, sie reifen. Wenn jemand so aussieht, was für eine Rolle spielt es, ob er fünfzig ist? Oder hundertfünfzig?«

»Es spielt absolut keine Rolle für mich. Ein wichtiger Punkt, der dir zu entgehen scheint.«

»Welche Farbe haben seine Augen?«

»Blau, glaube ich.«

»Was macht er beruflich?«

»Er, hm, besitzt eine Zementfirma, glaube ich. Das hat mir ein Nachbar erzählt, als er einzog. Der Name steht auf der Seite seines Jeeps.«

Lilah schnippte mit den Fingern. »Randolph Beton. Natürlich. Seine Betonwagen sind auf jeder Baustelle in der Stadt. Er muß eine Menge Geld machen.«

»Mutter hat uns immer gepredigt, daß es sich nicht gehört, über die Finanzen anderer zu sprechen.«

Es interessierte Lilah nicht, was ihre Mutter ihnen vor Jahren gepredigt hatte. Sie beobachtete, wie Thad seine Konstruktion auf die Schulter nahm und sie in die Garage trug. Matt und Megan marschierten hinter ihm her. »Hast du gesehen, wie er mit seinem Werkzeug umgeht?«

Elisabeths Kopf fuhr herum, und Lilah kicherte. »Das beweist mal wieder, was für eine schmutzige

Phantasie du hast. Ich dachte eigentlich an seinen Hammer. Was hast du denn gedacht?«

»Das, was du denkst, ist jedenfalls völlig falsch«, erwiderte Elisabeth scharf.

»Und was denke ich?«

»Daß sich eine Romanze zwischen ihm und mir entwickelt. Er ist ein netter Mann, nichts weiter. Und er hat viel Geduld mit den Kindern.«

»Wirklich erstaunlich in Anbetracht seines fortgeschrittenen Alters«, entgegnete Lilah sarkastisch. »Stören sie ihn nicht in seinem Mittagsschlaf?«

Elisabeth funkelte sie an. »Offen gesagt bin ich dankbar, daß er sich ein bißchen mit den Kindern beschäftigt, vor allem mit Matt. Der Junge braucht den Einfluß eines Mannes, aber da hört es auch auf, Lilah. Ein Mann wie Mr. Randolph könnte mich nie reizen.«

»Hast du in letzter Zeit mal deinen Puls gefühlt? Wenn du Mr. Randolph nicht anziehend findest, bist du tot.«

Elisabeth seufzte. »Er ist nicht mein Typ. Er ... er ist mir einfach zu athletisch. Zu groß ...«

»Hm.« Lilah leckte sich die Lippen.

Elisabeth übersah es geflissentlich. »Ich stehe nicht auf Männer mit harten Muskeln.«

Lilah grinste lüstern. »Ich wette, seine Muskeln sind nicht das einzige, was hart an ihm ist.«

»Jetzt reicht es aber, Lilah«, meinte Elisabeth gereizt. Als ihre Schwester nur lachte, fügte sie hinzu: »Und deine Idee, daß ich meine Phantasien für dieses Buch aufschreiben soll, kannst du dir aus dem Kopf schlagen. Ich habe nämlich gar keine Phantasien!«

3

Die Zahlen verschwammen wieder vor Elisabeths Augen. Ungeduldig warf sie den Stift hin und gab den Versuch auf, sich auf den Finanzbericht von *Fantasy* zu konzentrieren. Es war Montag morgen. Die Boutique war seit einer halben Stunde geöffnet, und bisher hatte Elisabeth noch keine Kundschaft gehabt.

Das ließ ihr Zeit, ein bißchen Buchführung zu machen, während sie auf die Ankunft von Adam Cavanaugh wartete. Man hatte sie davon in Kenntnis gesetzt, daß er sich im Laufe des Tages das Hotel und ihre Boutique ansehen wollte.

Doch jedesmal, wenn sie die Blätter mit den Gewinn- und Verlustspalten vor ihr durchsehen wollte, schweiften ihre Gedanken ab und kehrten zurück zu ihrem Gespräch mit Lilah am Samstag morgen.

Die Idee, ihre Phantasien aufzuschreiben, hatte ihr den ganzen Samstag über keine Ruhe gelassen. Um sich abzulenken, war sie abends mit den Kindern zu McDonald's gegangen. Hinterher hatten sie sich im Kino einen Walt-Disney-Film angesehen. Die Kinder waren begeistert gewesen und hatten sich überschwenglich bedankt. Doch als Elisabeth dann schließlich im Bett lag, war sie wie immer allein. Allein mit ihren Phantasien.

Dies war der Moment gewesen, als sie einen Notizblock aus der Schublade ihres Schreibtisches geholt und angefangen hatte, die Bilder niederzuschreiben, die sie im Geiste ständig formte. Der Stift war nur so über das Papier geflogen, und am Ende hatte Elisabeth die Seiten zurückgeblättert und gelesen, was sie geschrieben hatte. Als sie beim letzten Wort angelangt war, hatte sie die Bettdecke zurückgeschlagen, die Seiten aus dem Block gerissen und sie in der Toilette hinuntergespült.

Ihre Geschichte war dumm gewesen. Lilah war verrückt, und sie war verrückt, daß sie ihrer Schwester überhaupt zugehört hatte. Ärgerlich über sich selbst, hatte sich Elisabeth wieder hingelegt und das Licht ausgeknipst. Sie versuchte zu schlafen und preßte die Augen so fest zusammen, daß sie von der Anstrengung Kopfschmerzen bekam. Sie wälzte sich hin und her und versuchte sich einzureden, daß die Phantasie, die sie geschrieben hatte, so schlecht war, daß sie nicht lesbar war. Aber das stimmte nicht. Elisabeth hatte sie zerrissen, weil sie so gut gewesen war.

Sie war neunundzwanzig Jahre alt und hatte nie gewußt, was für eine schmutzige Phantasie sie hatte!

Am Sonntag nachmittag war Elisabeth mit den Kindern zum Picknick in den Stadtpark gefahren. Als sie das Haus verlassen hatten, war Thad draußen gewesen und hatte Sträucher zurückgeschnitten.

»Kann Thad auch mit zum Picknick kommen?« hatte Matt gefragt, als Elisabeth ihn in den Wagen verfrachtet hatte.

»Thad ist beschäftigt.«

»Er würde bestimmt eine Pause machen, wenn wir ihn fragen würden, ob er Lust hat, mitzukommen.«

»Wir werden ihn aber nicht fragen.«

»Wir haben genug zu essen dabei.«

»Er kann etwas von mir abhaben«, erklärte Megan.

Elisabeth stieg in den Wagen und ließ hastig den Motor an, um die Diskussion zu beenden. Das Picknick war ein Erfolg. Doch während die Kinder auf dem Abenteuerspielplatz gespielt hatten, hatte Elisabeth auf einer Parkbank gesessen und wieder über die Geschichte nachgedacht, die sie abends zuvor geschrieben hatte. Sie hatte überlegt, wie sie sie verändern und verbessern konnte. Dann war ihr eingefallen, daß sie nicht mehr existierte, und Elisabeth zwang sich, die Sache zu vergessen.

Nun, heute war Montag, und sie hatte zu arbeiten. Der Besitzer der Hotelkette mußte jeden Augenblick eintreffen. Aber sie hatte den erotischen Traum, den sie zu Papier gebracht hatte, immer noch nicht vergessen. Er ging ihr einfach nicht aus dem Kopf, genausowenig wie ihr gutaussehender Nachbar, Thad Randolph ...

Das war ja gerade das Schlimme an ihm, daß es überhaupt nichts Schlimmes an ihm gab. Nichts, woran man etwas auszusetzen haben könnte. Zumindest als Nachbar war er perfekt. Er hätte ja auch ein ganz anderer Typ sein können, zum Beispiel ein Casanova, bei dem der Strom der Frauen, die in seinem Haus ein- und ausgingen, nicht abriß. Oder er hätte jede Nacht wilde und feuchtfröhliche Parties feiern können. Er hätte sich beschweren können, wenn die Kinder laut waren, wenn sie im Garten spielten. Elisabeth vermutete, daß er kein Engel war, aber solange seine Laster oder Sünden oder was auch immer sich nicht auf ihre Nachbarschaft auswirkten, war es ihr egal.

Natürlich brauchte er nicht unbedingt das Hemd offenstehen zu lassen, wenn er draußen im Garten arbeitete. Aber es war sicher immer noch besser, als wenn er überhaupt kein Hemd getragen hätte. Wenn sie sich vorstellte, daß er einen bloßen Oberkörper gehabt hätte, als die Sache mit Baby passiert war! Wenn sie seine nackte Haut hätte berühren müssen, als er sie vom Baum heruntergehoben hatte! Wenn sie gegen seine breite, muskulöse Brust gepreßt gewesen wäre! Wenn sie ...

»Mrs. Burke?« – Elisabeth zuckte zusammen. Sie fuhr herum und sah sich einer kleinen Gruppe von Leuten gegenüber. Als sie die neugierigen Blicke bemerkte, fragte sie sich, wie oft der Mann sie schon angesprochen hatte, bevor sie es gehört hatte.

»Ja?« antwortete sie, atemlos vor Verlegenheit.

»Hallo. Ich bin Adam Cavanaugh.«

Der Mann mit dem dunklen Haar und den dunklen Augen, der mit ausgestreckter Hand auf Elisabeth zukam, sah umwerfend gut aus. Er trug einen seriösen dreiteiligen Nadelstreifenanzug, aber sein Lächeln hatte etwas Verwegenes, das an einen karibischen Piraten erinnerte. Sein Händedruck war fest, als er Elisabeths Hand schüttelte.

»Es ist mir eine Freude, Sie endlich persönlich kennenzulernen.« Elisabeth gratulierte sich im Stillen dazu, daß sie den Satz ohne zu stottern herausgebracht hatte, was in Anbetracht der Umstände wirklich eine Leistung war.

»Mir auch.« Er ließ ihre Hand los und schaute sich in der Boutique um. Dann nickte er zufrieden. »Die Fotos, die man mir geschickt hat, sind *Fantasy* nicht gerecht geworden. Ich muß sagen, ich bin begeistert.«

»Danke.«

»Woher haben Sie nur die Idee?«

Elisabeth hob verlegen die Schultern. »Ich hatte schon immer eine Vorliebe für schöne Dinge. Feminine Dinge. Als ich beschloß, ein eigenes Geschäft aufzumachen, wollte ich solche weiblichen Extravaganzen verkaufen. Ich machte mich also auf die Suche nach einem geeigneten Ort für einen solchen Laden, wo es Männer geben würde, die Geschenke für ihre … Damen kauften. Damals wurde das Hotel Cavanaugh gerade gebaut.« Sie lächelte Adam Cavanaugh an. »Es erschien mir ideal.«

»Sehr clever.«

»Ich bin dankbar, daß Sie das gleiche Potential sahen wie ich und den Vorschlag akzeptierten, den ich Ihnen schickte.«

»Ihr Dank gebührt nicht mir, sondern meinen Managern, die diese Dinge für mich erledigten. Aber ich muß sagen, ich bin froh, daß sie zu Ihren Gunsten entschieden haben.«

Elisabeth war entsetzt über ihre Naivität. Adam Cavanaugh war viel zu wichtig und zu beschäftigt, um sich persönlich um jeden Pächter zu kümmern.

»Ich bin sicher, Ihr Aussehen trägt nicht wenig zu Ihrem Umsatz bei«, fügte Cavanaugh hinzu und musterte sie mit unverhohlener Bewunderung.

Elisabeth fühlte, wie sie rot wurde. »Ich habe gerade einen Gewürztee aufgebrüht«, meinte sie verwirrt. Sie zeigte auf den kleinen runden Tisch, auf dem eine Silberkanne und einige Porzellantassen standen. »Möchten Sie vielleicht ein Konfekt probieren, das ich verkaufe?«

»Tee möchte ich keinen, aber bei dem Konfekt sage ich nicht nein«, antwortete er mit einem strahlenden Lächeln.

Adam Cavanaugh sah nicht nur gut aus, er war auch sehr sympathisch. Er plauderte mit Elisabeth, während die Lakaien in seinem Gefolge Tee tranken und Pralinen im Wert von fast fünfzig Dollar verdrückten. Der Unternehmer war ein guter Zuhörer, und als Elisabeth ihre Kinder erwähnte, fragte er sie ausführlich über die beiden aus.

Schließlich ergriff er ihre Hand. »Ich habe in den nächsten Wochen geschäftlich in der Stadt zu tun«, erklärte er. »Ich möchte, daß wir uns einmal privat treffen. Läßt sich das machen?«

»Sicher«, erwiderte Elisabeth verwirrt. Seine Berührung war die eines Mannes, der Frauen häufig und gern berührte.

»Ich freue mich schon darauf.«

Er hielt ihre Hand noch ein paar Sekunden fest, bevor er sich verabschiedete und zur Tür wandte. Doch der Anblick der Frau, die auf der Schwelle stand, ließ ihn innehalten. Sie trug eine enge schwarze Lederhose, die in kniehohen Stiefeln steckte, einen schwarzen Rollkragenpullover und darüber ein Fransentuch. An ihren Ohren baumelten große goldene Tellerohrringe, die ihr fast bis auf die Schultern reichten. In einem steckte eine Feder.

Es war Lilah.

Elisabeth blieb fast das Herz stehen, als sie das mutwillige Funkeln in den Augen ihrer Schwester sah. Lilah war unberechenbar, und man wußte nie, was sie tun oder sagen würde.

»Hallo, Adam.« Sie warf Cavanaugh ein betörendes Lächeln zu. Bei der vertrauten Anrede wurden einige Mitglieder seines Gefolges blaß. »Ich erkenne Sie von den Fotos in der Zeitung.«

Elisabeth versuchte zu retten, was zu retten war. »Mr. Cavanaugh, darf ich Sie mit meiner Schwester, Lilah Mason, bekannt machen.«

»Angenehm, Miss Mason.«

Lilah lehnte sich mit der Schulter an den Türrahmen und musterte Cavanaugh lässig. »Was Sie nicht sagen.«

Einer von Cavanaughs Mitarbeitern räusperte sich. Ein anderer rang hörbar nach Luft. Elisabeth warf ihrer Schwester einen drohenden Blick zu, doch Lilah ließ sich nicht einschüchtern. »Wenn Sie gerade gehen wollten, lassen Sie sich nicht aufhalten.«

»Das habe ich auch nicht vor.« Cavanaugh drehte den Kopf und nickte Elisabeth knapp zu. Dann schob er sich an Lilah vorbei hinaus, gefolgt von seinen Leuten.

»Lilah, wie konntest du?« zischte Elisabeth, sobald die Gruppe verschwunden war.

Lilah lachte unbekümmert. »Entspann dich, Elisabeth. Er hat dir ja aus der Hand gefressen. Ich habe euch durch das Fenster beobachtet. Ich habe mich so schlecht benommen, daß du ihm im Vergleich zu mir wie ein Engel erscheinen wirst. Im Grunde habe ich dir einen großen Gefallen getan.«

»Darauf kann ich verzichten! Das Ganze war mir schrecklich peinlich. Mutter und Vater wären entsetzt.«

Lilah streifte ihr Tuch ab. »Das bezweifle ich. Sie wissen, daß ich das schwarze Schaf der Familie bin. Kann ich die letzte Praline haben? Ich habe nicht gedacht, daß diese Geier noch eine übriglassen würden.« Sie steckte sich das Stück Konfekt in den Mund und kaute genüßlich.

Elisabeth rieb sich die Stirn. »Ich habe Kopfschmerzen.«

Lilah sah sie mitfühlend an. »Wie ist es denn gelaufen, bevor ich erschien? Ich hatte den Eindruck, daß es ganz gut mit euch ging.«

»Er ist sehr charmant.«

»Ich könnte es mir auch leisten, charmant zu sein, wenn ich sein Geld hätte.«

Elisabeth ignorierte die Spitze. »Ich habe nicht erwartet, daß er sich so offen, so menschlich gibt. Ich dachte, er würde kühl und sachlich sein. Einschüchternd.«

»Ehrlich, Lizzie, du schießt den Vogel ab mit deiner Naivität. Natürlich ist dieser Adam charmant, aber das ist alles nur Mache. Begreifst du das nicht? Genieße seinen Charme, aber laß dich nicht davon einwickeln.«

»Ich finde ihn nett.«

»Genau das bezweckt er.«

»Er hat mich gefragt, ob wir uns mal privat treffen könnten.«

»Ach, wirklich?« Lilah probierte den Tee, verzog das Gesicht und stellte die Tasse wieder auf den Tisch.

»Ja, wirklich. Aber es wird ein geschäftliches Treffen sein.« Als sie Lilahs skeptischen Blick sah, fügte sie hinzu: »Rein geschäftlich.«

»Natürlich.« Lilahs Ton verriet, daß sie es nicht einen Augenblick glaubte.

»Ich begreife nicht, warum du so mißtrauisch ihm gegenüber bist.«

»Ich werde dir verraten, warum. Sicher, er ist äußerst attraktiv. Aber ich war immer schon auf der Hut vor Männern, die so charmant sind. Ich traue ihnen einfach nicht. Es muß ein Wurm sein in einem so leuchtenden Apfel.«

Elisabeth hatte genug von dem Thema. Wahrscheinlich würde Adam Cavanaugh nie wieder mit ihr sprechen. Vielleicht würde er sogar ihren Pachtvertrag kündigen nach dem, was sich Lilah geleistet hatte. »Was machst du überhaupt hier? Hast du heute keine Patienten? Und trägt man als Physiotherapeutin neuerdings so was als Uniform?«

»Das hängt ganz von der jeweiligen Therapie ab«, erwiderte Lilah lachend. »Gefällt dir die Montur nicht?« Sie drehte sich um die eigene Achse, und Elisabeth mußte zugeben, daß ihre Schwester phantastisch aussah.

»Ich habe es tatsächlich für einen meiner Patienten angezogen. Er hatte einen Motorradunfall und ist beidseitig gelähmt. Er meint, daß die Leute, ich eingeschlossen, Vorurteile gegen Motorradfahrer hätten. Ich dachte, ich zeige ihm mal, wie freigeistig ich sein kann.« Sie wechselte das Thema. – »Hast du schon irgendwelche Phantasien für mich aufgeschrieben?«

»Nein.«

Lilah merkte sofort, daß Elisabeth log, doch bevor sie näher darauf eingehen konnte, betrat ein Kunde die Boutique. Er schaute sich unbehaglich um. Elisabeth kannte die Symptome. Er fühlte sich nicht wohl in solch einer femininen Umgebung. »Kann ich Ihnen helfen, Sir?« fragte sie ihn.

»Ich suche ein Geschenk für meine Frau. Zum Hochzeitstag.«

»Ich habe eine große Auswahl an Parfümflakons. Möchten Sie sie sich ansehen?«

Lilah wußte, daß sie jetzt besser ging. Sie griff nach ihrem Tuch und tänzelte zur Tür. Als sie an dem nervösen Mann, der einen dicken Bauch und schütteres

Haar hatte, vorbeikam, flüsterte sie ihm zu: »Vergessen Sie die Parfümflakons. Das sind doch nur Staubfänger. Wenn sie etwas richtig Schickes wollen, fragen Sie doch mal nach den Satinstrumpfgürteln.«

»... zu dem Fest am Samstagabend.«

Die letzten Worte an Matts endlosem Monolog drangen durch Elisabeths Kopfschmerzen und den geistigen Rückblick auf ihre Begegnung mit Adam Cavanaugh. Die Gabel, mit der sie mechanisch gegessen hatte, stoppte auf halbem Weg zwischen dem Teller und ihrem Mund. »Fest?«

»Das Herbstfest in der Schule, Mom«, erklärte Megan.

»Ach so, natürlich. Das Herbstfest. Ist es diesen Samstagabend?«

»Von sieben bis halb zehn«, informierte Megan sie. »Und wir möchten die ganze Zeit bleiben, nicht wahr, Matt?«

»Ja. Die Tombola, bei der man einen CD-Player gewinnen kann, ist erst um Viertel nach neun, also können wir nicht früher gehen. Thad sagt das auch.«

»Thad? Was hat er damit zu tun?«

»Ich habe ihn eingeladen, mitzukommen.«

Elisabeths Gabel fiel klirrend auf ihren Teller. »Das hast du nicht wirklich, oder?« wollte sie wissen, als sie wieder sprechen konnte.

Matt schaute sie unsicher an und nickte. »Doch. Heute nachmittag.«

»Und was hat er gesagt?«

»Er hat gesagt, er käme natürlich gern mit.«

Elisabeth hatte Mühe, einen Fluch zu unterdrücken. »Wie konntest du das tun, Matt, ohne mich vorher zu fragen? Ich kann nicht glauben, daß du so etwas getan hast.«

»Sie hat gesagt, ich könnte es.«

»Wer?«

»Meine Lehrerin. Miss Blanchard. Beide Eltern sollen zum Fest mitkommen. Alle anderen haben eine Mom und einen Dad. Da ich keinen Dad habe, habe ich sie gefragt, ob ich jemand anders einladen könnte, und sie hat gesagt, ich könnte es.« Matts Unterlippe begann zu zittern. »Aber du willst ja nicht, daß Thad mitkommt. Du willst nicht, daß wir Spaß haben. Du bist gemein! Du bist die gemeinste Mom auf der ganzen Welt.«

Mit Tränen in den Augen sprang der Junge vom Tisch auf und stieß dabei sein Glas Milch um.

Elisabeth ließ ihn gehen. Sie stützte den Kopf in die Hände und beobachtete gleichgültig, wie die Milch über die Tischkante lief und auf den Boden tropfte.

Es war schwer gewesen für Matt, als er in den Kindergarten gekommen war und begriff, daß die meisten Kinder einen Vater hatten, selbst wenn er manchmal von ihrer Mutter geschieden war und woanders lebte. Matt war noch sehr klein gewesen, als John starb, und er konnte sich nicht erinnern, wie es war, einen Vater zu haben.

»Mom, die ganze Milch läuft auf den Boden. Soll ich sie aufwischen?«

Elisabeth hob den Kopf und strich Megans blondes Haar. »Das ist lieb von dir, Darling, aber ich mache es schon.«

»Ich habe Matt gesagt, daß er dich wirklich vorher fragen sollte.«

»Ich werde mit ihm reden, wenn er sich ein bisschen beruhigt hat.«

»Erlaubst du, daß Thad mitkommt?«

Megans Ton war so sehnsüchtig, daß Elisabeth schwach wurde. Jedes kleine Mädchen brauchte einen Vater. »Natürlich kann er mitkommen«, hörte sie sich sagen und zwang sich zu einem Lächeln.

Nachdem sie den Tisch abgeräumt hatte, machte sie sich auf die Suche nach ihrem Sohn. Sie fand ihn in seinem Zimmer. Er lag mit seinem Teddy im Arm auf dem Bett. Elisabeth setzte sich auf die Bettkante, beugte sich vor und küßte ihn auf die Stirn.

»Es tut mir leid, daß ich dich angeschrien habe.« Matt sagte nichts, sondern schniefte nur. Ruhig erklärte sie ihm, warum er zuerst mit ihr reden sollte, bevor er jemanden einlud.

»Ich war überrascht, das ist alles. Aber es ist schon okay.«

Matts Miene hellte sich augenblicklich auf. »Thad darf mitkommen?«

»Wenn er will.«

»Hey, das ist ja toll.«

Nachdem die Kinder im Bett waren, beschloß Elisabeth, zu ihrem Nachbarn hinüberzugehen und ihn zu fragen, ob er tatsächlich mitkommen wollte. Sie wollte nicht, daß er es nur aus Mitleid mit ihren vaterlosen Kindern tat. Sie zog die Schürze aus und trug frischen Lippenstift auf, bevor sie über den dunklen Rasen ging. Thad saß in einem Sessel im Wintergarten hinter seinem Haus, den er über das Wochenende winterfest gemacht hatte. Im Licht des Fernsehers konnte Elisabeth ein Tablett mit den Resten seines Abendessens sehen. Ein Steak und ein Bier.

Thad sah nicht fern, sondern las in einer Zeitschrift. Er bemerkte Elisabeth erst, als sie anklopfte. Er legte die Zeitschrift hin, stand auf und schaltete den Fernseher aus, bevor er die Tür aufmachte.

»Hi«, sagte Elisabeth verlegen.

»Hi. Kommen Sie rein.«

»Nein, ich, oh, kann nur einen Augenblick bleiben. Es ist niemand bei den Kindern.« Sie hatte nicht die Absicht, allein in dieses Haus zu gehen. Wenn jemand sie sah, würde man sofort falsche Schlüsse ziehen.

Thad trat durch die Tür und zog sie hinter sich zu. »Gibt es irgendwelche Probleme?«

»Nein. Das heißt, ich hoffe nicht«, antwortete sie nervös. »Matt hat mir erzählt, daß er Sie zum Herbstfest in seiner Schule eingeladen hat.«

»Das stimmt.«

»Und? Kommen Sie mit?«

»Ich habe es ihm versprochen.«

»Ich weiß. Das hat er mir auch gesagt. Ich möchte nur nicht, daß Sie sich verpflichtet fühlen, mitzugehen, weil er Sie darum gebeten hat.«

Thad betrachtete sie einen Augenblick lang prüfend. »Sie wollen nicht, daß ich mitkomme, ist es das?«

»Nein! Ich meine, ja. Ich meine ...« Elisabeth holte tief Luft. »Natürlich habe ich nichts dagegen, wenn Sie wirklich mitkommen wollen ... Nur, es ist so ein Schulfest, wo Hunderte von Kindern wie wilde Indianer herumlaufen und verzweifelte Eltern hinter ihnen herjagen. Es geht furchtbar laut und hektisch zu und ... und ...«

Sie hob hilflos die Schultern. »Ich glaube nicht, daß es Ihnen gefallen wird.«

»Sie meinen, weil ich ein eingefleischter alter Junggeselle bin.«

Verdammt! Jetzt habe ich ihn beleidigt, dachte Elisabeth, als Thad sich abwandte und zu seinem Jeep ging, der in der Einfahrt parkte. »Nein, natürlich nicht, Thad. Ich wollte nur nicht, daß Sie meinen, Sie müßten mitkommen, weil Sie es Matt versprochen haben.«

Er hatte die Heckklappe des Jeeps geöffnet und holte jetzt einen großen Karton heraus. Er packte ihn sich auf die Schulter und ging damit in den Garten. Elisabeth folgte ihm und beobachtete, wie er den Karton absetzte.

»Ich habe selber keine Kinder, aber ich bin noch nicht so alt, daß ich mich nicht mehr an meine eigene Kindheit erinnere, Elisabeth.«

»Ich wollte nicht ...«

»Ich erinnere mich sogar noch an die Schulfeste und wie aufgeregt ich immer war. Und daß ich das Glück hatte, eine Mutter und einen Vater zu haben, die mitgingen.«

Elisabeth lehnte sich gegen einen Baumstamm und seufzte. »Jetzt habe ich schon wieder ein schlechtes Gewissen, genau wie vorhin bei Matt. Ich habe mit ihm geschimpft, als er mir erzählte, er hätte Sie eingeladen. Ich war verärgert, weil ich nicht wollte, daß Sie sich verpflichtet fühlen. Er nannte mich die gemeinste Mom auf der ganzen Welt.«

Thad lächelte. »Das war nicht sehr nett von ihm. Ich fühle mich nicht verpflichtet, zum Fest mitzugehen, okay? Und damit beenden wir das Thema. Sagen Sie mir, was Sie hiervon halten.«

Er kniete sich hin und kippte den großen Karton

um. Elisabeth hockte sich neben ihn und betrachtete das Bild auf der Seite des Kartons.

»Eine Hängematte! Wie schön.«

»Finden Sie?«

»Ja. Ich wollte immer eine haben. Genau so eine wie diese.« Dem Bild auf dem Karton nach war die Hängematte aus weißer Jute und hatte lange Fransen an den Seiten.

»Ich wollte auch immer eine. Ich habe mir gedacht, ich hänge sie zwischen den beiden Bäumen dort auf.« Er zeigte auf die Bäume.

»O ja. Es wird wundervoll sein, sich im Sommer ...« Elisabeth brach abrupt ab.

»Was?« fragte Thad leise und betrachtete ihr Gesicht. Als sie nicht antwortete, meinte er: »Sich im Sommer hineinzulegen?«

»Dafür sind Hängematten doch da, oder?«

»Hm. Sie können meine jederzeit benutzen.«

»Vielen Dank.«

»Aber Sie werden es nicht tun, nicht wahr?«

»Wahrscheinlich nicht«, erwiderte Elisabeth zögernd.

»Warum nicht?«

»Weil ich mir selbst eine kaufen kann.«

Thad schüttelte den Kopf. »Nein, das ist es nicht. Sie wollen nicht in meiner Hängematte liegen, weil Sie Angst haben, die Nachbarn könnten über uns reden. Die Leute könnten denken, daß Sie auch in meinem Bett liegen.«

»Es gibt absolut keinen Anlaß für die Nachbarn, über uns zu reden.«

»Und Sie sorgen dafür, daß es so bleibt.«

»Können Sie mir das verdenken?«

»Nein, das kann ich nicht.« Er runzelte die Stirn. »Trotzdem finde ich es albern, daß Sie mir aus dem Weg gehen.« Als Elisabeth keine Antwort gab, fuhr er fort: »Ich verstehe natürlich, warum Sie das tun. Schließlich steht Ihr guter Ruf auf dem Spiel. Die Leute beobachten Sie, um zu sehen, ob Sie sich unmoralisch benehmen, etwas Skandalöses tun.«

»Jeder glaubt doch, junge Witwen müßten ausgehungert sein nach ... nach ...«

»Nach Sex«, kam Thad ihr zu Hilfe. »Und ich bin ein Junggeselle, der allein lebt. Das an sich macht mich doch schon verdächtig. Wenn Sie also zu mir kommen würden, um sich zum Beispiel eine Tasse Zucker zu leihen, würde es sofort heißen, wir hätten ein Quickie auf dem Küchentisch gemacht.« Er lachte kurz.

»Auch Quickies mögen ihre Reize haben, aber ich persönlich habe mir nie viel daraus gemacht. Es ist so, als ob man eine hervorragende Flasche Wein herunterkippen würde. Man sollte sie nicht trinken, weil man Durst hat, sondern weil man sie genießen will.«

Sein Blick heftete sich auf ihren Mund. »Es gibt Dinge, für die man sich Zeit nehmen und die man genießen sollte.«

Elisabeth war die Kehle plötzlich wie zugeschnürt. Ihr Herz klopfte so laut, daß sie meinte, Thad müßte es hören.

»Sie zittern ja.« Er hob die Hand und berührte ihren Arm, auf dem sich eine Gänsehaut gebildet hatte.

»Mir ist kalt. Ich hätte mir besser einen Pullover übergezogen.«

»Kommen Sie, ich bringen Sie bis zu Ihrer Haustür.«

»Das ist nicht nötig.«

»Ich bestehe darauf.«

Sie standen starrköpfig voreinander, aber Elisabeth war diejenige, die schließlich nachgab. Sie hatte das Licht in der Küche angelassen, und als sie durch den dunklen Garten gingen, stellte sie überrascht fest, wieviel man durch die Fenster sehen konnte. Sie dachte selten daran, abends die Rolläden herunterzulassen. Konnte Thad von seiner Veranda in ihr Haus sehen? Sie nahm sich vor, abends nie mehr im Nachthemd in die Küche zu gehen. Sie hatte keine Lust, ihm eine Gratisvorstellung zu geben.

»Habe ich mich schon dafür bedankt, daß Sie meine Seite der Hecke geschnitten haben?« fragte Elisabeth.

»Ist es Ihnen aufgefallen?«

»Ja. Vielen Dank. Was machen die jungen Hunde?«

»Sie wachsen und gedeihen.«

»Gut.« Elisabeth war erleichtert, als sie ihre Hintertür erreichten und diese alberne Unterhaltung beenden konnten.

»Wann geht es am Samstag los?« wollte Thad wissen.

»Ich glaube, die Kinder haben gesagt, um sieben. Wenn Sie wirklich mitkommen wollen.«

»Natürlich. Ich hole Sie ab.«

Elisabeth wollte protestieren, doch als sie Thads entschlossenen Ausdruck sah, ließ sie es sein. »Einverstanden. Also dann, gute Nacht, Thad.«

»Elisabeth?« Er ergriff ihre Hand, bevor sich Elisabeth hinter der Verandatür in Sicherheit bringen konnte.

»Ja?«

»Sind sie verheilt?« Er strich mit dem Daumen über ihre Handfläche. Elisabeth fühlte, wie sich ihr Puls beschleunigte bei der Berührung.

»Meine Hände? Ja. Sie sind wieder in Ordnung.«

Als ob er an ihren Worten zweifelte, hob er ihre Hand näher an sein Gesicht und betrachtete die Handfläche.

»Wenn Sie mich jemals brauchen sollten, egal aus welchem Grund, kommen Sie zu mir«, murmelte er. »Zum Teufel damit, was die Nachbarn denken.«

Der Blick, mit dem er sie ansah, verschlug Elisabeth den Atem.

Bevor sie etwas erwidern konnte, ließ Thad ihre Hand los und verschwand in der Dunkelheit.

4

Der Fremde trat aus der Dunkelheit. Es schien, als sei er plötzlich aus dem Nichts aufgetaucht – groß, mit breiten Schultern, schmalen Hüften.

Ich konnte sein Gesicht nur undeutlich ausmachen, aber ich erkannte ihn sofort. Und weil ich ihn erkannte, machte sein plötzliches Auftauchen mir auch keine Angst. Aufregend, ja, das war es. Erregend. Und verboten. Aber ganz bestimmt nicht angsteinflößend.

Er sagte kein Wort. Auch ich schwieg. Worte waren überflüssig. Wir wußten, was wir voneinander erwarteten, was einer vom andern wollte. Unter dem Mantel der Dunkelheit würden wir geben und nehmen, ohne Hemmungen. Genuß war es, was uns verband. Wer oder was wir waren wurde unwichtig neben unserem Verlangen. Die Vergangenheit interessierte uns nicht, genausowenig wie die Zukunft. Nur die Gegenwart zählte. Die Wünsche, die wir jetzt und hier empfanden, die wir uns gegenseitig erfüllen wollten, bis wir gesättigt waren.

Er streckte eine Hand aus und streichelte mein Haar. Langsam zog er die eine Nadel heraus, die wie durch Zauberei die ganze Frisur zusammenhielt. Mein Haar fiel in weichen Wellen über seine Finger. Ich wußte, daß ihm das gefiel, daß er es liebte, mein Haar unter seinen Händen zu spüren. Obwohl ich sein Gesicht immer noch nicht deutlich erkennen konnte, wußte ich, daß er lächelte, während er mit seinen Fingern durch die dichten Flechten strich.

Ich legte meine Hand auf seine Brust. Es war eigenartig,

daß ich überhaupt nicht schüchtern war. Doch in dieser seltsam unwirklich erscheinenden Dunkelheit gab es keine Schüchternheit. Nur Kühnheit. Er erwartete es von mir. Niemand würde es sehen. Niemand würde es wissen. Die Dunkelheit war unser Freund. Sie verhüllte jede Indiskretion, machte alles akzeptabel. In der Dunkelheit wurde man nicht für seine Handlungen verantwortlich gemacht. Es gab keine Regeln des Benehmens, keine Pflicht außer der, unsere Lust zu stillen.

Ich spürte die harten, festen Muskeln seiner Brust unter meinen Händen. Er trug ein Hemd, aber ein Gedanke von mir genügte, und es löste sich in nichts auf.

Ich berührte forschend die weichen Haare auf seiner Brust. Meine Fingerspitzen waren so empfindsam, daß sie jede Einzelheit sofort registrierten. Seine Brustwarzen waren fest und hart. Ich beugte mich vor und berührte eine mit meiner Zunge, und er stöhnte auf.

Dann nahm er mein Gesicht zwischen seine Hände, streichelte meine Lippen mit seinen Daumen, und ich biß ihn spielerisch in die Hand.

Er ließ seine Hände über meinen Hals wandern, dann tiefer hinunter, bis zu meinen Brüsten. Er umschloß sie, liebkoste sie sanft, strich über meine Brustwarzen, bis sie sich hart aufrichteten. Unsere Lippen fanden sich in einem leidenschaftlichen Kuß, schienen unter der Hitze miteinander zu verschmelzen. Das Verlangen drohte uns zu verzehren. Er drückte mich gegen eine Wand, von der ich gar nicht gewußt hatte, daß es sie gab. Kaum noch konnte er den wilden Hunger beherrschen, der ihn plötzlich gepackt hatte. Ich fand es erregend, und zitternd reagierte ich darauf.

Seine Lippen glitten tiefer, über meinen Hals, dann schloß sich sein Mund um eine Brustspitze. Er neckte und erregte mich, und unwillkürlich entfloh mir ein Seufzer. Ich wußte instinktiv, daß er die Augen geschlossen hielt, daß er mit diesen Zärtlichkeiten auch seine eigene Lust befriedigte.

Seine Hände drückten meine schmale Taille, bevor sie weiter zu meinen Hüften wanderten. Ich brauchte nur darum zu bitten, und schon würde auch mein größtes Verlangen befriedigt werden. Das wußte ich. Aber ich sagte nichts. Ich wollte diese süße Agonie des sich unerträglich weiter steigernden Begehrens so lange wie möglich genießen. Außerdem war es gar nicht nötig, daß ich etwas sagte. Er ahnte meine Wünsche schon im voraus. Ich brauchte nur an etwas zu denken, was ich mir wünschte, und schon erfüllte er es mir.

Er wußte ganz genau, wann der richtige Zeitpunkt war, mich ganz in Besitz zu nehmen. Er drang plötzlich, schnell und heftig in mich ein. Er füllte meinen sehnsüchtigen Körper mit seiner stählernen Härte. Es trieb mich an den Rand des Wahnsinns, wie er sich in mir bewegte. Seine Hände waren überall, streichelten meine Haut. Auch sein Mund berührte mich, wo immer ich es wünschte, heiß und voller Leidenschaft.

Er kannte keine Disziplin. Er hatte kein Gewissen. Er war geschaffen worden, um mir Vergnügen zu schenken. Er kannte nichts anderes, als mir Lust und Befriedigung zu geben. Mein Orgasmus packte mich mit einer solchen Wucht, wie ich es noch nie zuvor erlebt hatte.

Ich war erschöpft, bedeckt von einem Schweißfilm, und mußte mich in meiner Schwäche an ihn klammern. Zärtlich und voller Zuneigung streichelte er mein Haar, strich es mir von den feuchten Schultern. Irgendwann verließ er mich und verschwand wieder in der Dunkelheit, aus der er gekommen war.

Ich hatte noch nie das Gesicht meines unglaublichen Geliebten gesehen. Ich hatte noch nie seine Stimme gehört. Und doch würde ich ihn immer und überall erkennen, wenn er zu mir kam.

Es war ein unangenehmes, durchdringendes Geräusch, das Elisabeth weckte. Es dauerte einen Augenblick, bis sie begriff, daß es das Brummen einer Motorsäge irgendwo in der Nachbarschaft war.

Doch sie wehrte sich dagegen, endgültig aufzuwachen. Ihre Glieder waren von einer süßen Schwere erfüllt, und sie war noch halb im Traum befangen. Sie schloß die Augen wieder, und ein Lächeln spielte um ihre Lippen. Ihr Bett war zerwühlt, die Laken waren verschwitzt – kein Wunder bei all den aufregenden Sachen, die sie geträumt hatte!

Aber dann stieß sie einen tiefen Seufzer aus, als sie sich bewußt machte, daß das alles nichts als ein Traum gewesen war, der schon bald vergessen sein würde. Es gab keinen Geliebten, weder einen geheimnisvollen noch sonst einen. Es war auch nicht mehr dunkel. Helles Sonnenlicht strömte durch die Fenster herein. Es war Samstag. Und später an diesem Tag würde sie mit Thad Randolph auf das Schulfest gehen.

Mit einem Seufzer schwang sie die Füße auf den Boden und setzte sich auf die Bettkante. Ein Blick auf die Uhr auf ihrem Nachttisch sagte ihr, daß es ein paar Minuten nach neun war. Sie griff nach ihrem Morgenmantel, der über dem Fußende des Betts lag, und zog ihn über.

Ihre Hände zitterten leicht, als sie ihn über ihrem Busen schloß, denn sie erinnerte sich wieder daran, wie plastisch sie ihren Traum empfunden hatte, als ihr Geliebter ihre Brüste so sehnsüchtig und verlangend liebkost hatte. Als sie aufstehen wollte, merkte sie, daß sie immer noch ganz weiche Knie hatte.

»Das wäre ein Traum so richtig nach Lilahs Geschmack gewesen«, murmelte sie vor sich hin, während sie ins Bad ging. Du lieber Himmel! Diese weitverbreitete Phantasie über den gesichtslosen, namenlosen stets schweigenden Liebhaber war Erotik pur! Jede Frau hatte sich eine solche Szene schon einmal ausgemalt, denn dabei war alles erlaubt. Man konnte tun, was man wollte, ohne hinterher Rechenschaft darüber ablegen zu müssen.

Elisabeth duschte sich sehr ausgiebig, sehr kalt. Dann ging sie hinunter in die Küche, wo die Kinder sich schon über ihr Frühstück hergemacht hatten, Cornflakes mit Milch. Mit einem Seufzer erinnerte sie sich daran, daß sie die Schlacht um den Zucker schon vor langer Zeit verloren hatte.

Aber in der Beziehung eine Niederlage hinzunehmen und dafür glückliche Kinder zu haben, war ihr schließlich doch wichtiger gewesen, als im Bewußtsein der Richtigkeit ihres Tuns allmorgendlich die langen Gesichter und das Gemaule ertragen zu müssen. Sie nahm erst Matt, dann Megan in den Arm und gab beiden einen Kuß, bevor sie die Kaffeemaschine anschaltete.

»Heute abend ist das Fest«, erinnerte Matt sie.

»Ja, richtig.« Elisabeth bemühte sich, Begeisterung in ihre Stimme zu legen.

Sie hatte Thad nicht mehr gesehen, seit er sie am Montagabend bis zu ihrer Tür gebracht hatte. Die Kinder hatten ihr täglich über die Fortschritte von Pennys Jungen berichtet, aber Elisabeth hatte es vermieden, sie nach Thad zu fragen. Es war fast eine Erleichterung, daß der gefürchtete Tag endlich da war. Morgen um diese Zeit würde alles überstanden sein.

»Komm nicht zu spät nach Hause«, bemerkte Megan. »Thad hat gesagt, er würde ein paar Minuten vor sieben hiersein.«

»Ich verspreche, nicht zu spät zu kommen«, erwiderte Elisabeth ein bißchen zu scharf. Sie mäßigte ihren Ton. »Ich werde früh genug wieder hiersein, um mich in aller Ruhe umzuziehen.«

Normalerweise schlich samstags die Zeit im *Fantasy* dahin. Elisabeth hatte jedesmal ein schlechtes Gewissen, weil sie daran denken mußte, daß die Kinder keine Schule hatten und die Hälfte des Wochenendes allein zu Hause verbrachten. Doch diesmal vergingen die Stunden wie im Flug, und ehe sie sich versah, war es fünf Uhr. Sie schloß die Boutique ab und fuhr nach Hause.

Die Kinder waren so aufgeregt, daß sie Elisabeth schon entgegenstürmten, als sie die Tür öffnete. »Thad hat angerufen und gesagt, daß er um viertel vor sieben hier ist. Beeil dich, Mom.«

»Megan, bis dahin sind es noch anderthalb Stunden. Ich verspreche dir, daß ich fertig sein werde.«

Natürlich war sie nicht fertig.

Baby erbrach etwas auf der Couch im Wohnzimmer, das wie Pfefferkäse aussah. Es mußte sofort saubergemacht werden. Matt und Megan bekamen Streit um die Fernbedienung des Fernsehers. Das Ende vom Lied war, daß sich Matt den Kopf an der Tischkante aufschlug und seine Haare und der Teppich voll Blut waren. Beides mußte gewaschen werden.

Elisabeth brach sich einen Nagel an ihrer Kommodenschublade ab. Bei dem Versuch, den Schaden zu beheben, klebte sie sich zwei Finger zusammen. Gehetzt und nervös schaffte sie es mit Mühe und Not, sich richtig zu schminken. Dann konnte sie sich nicht entschließen, was sie anziehen sollte. So stand sie barfuß und in ihrer Unterwäsche da, als Matt um siebzehn Minuten vor sieben in ihr Schlafzimmer kam, um zu sehen, ob sie fertig war.

»O Mom!« stöhnte er, als er sah, daß sie es nicht war. Elisabeth war genauso fassungslos über sein Aussehen wie er über ihres. Die Sachen, die er trug, hatten nur noch für den Lumpensammler Wert. »Matt, die Jeans hat Löcher in den Knien. Geh und zieh deine neue an.«

»Aber die neue ist so steif und kratzig.«

»Das ist sie nicht. Ich habe sie zweimal gewaschen.« Elisabeth stand vor dem offenen Kleiderschrank und fragte sich, ob sie ihren blauen Wollrock oder die schwarze Hose anziehen sollte.

»Ich will aber diese Jeans anlassen. Die ist so cool.«

Den blauen Wollrock. »Du ziehst die neue an, hörst du? Und das Sweatshirt ist so groß, daß du zweimal hineinpaßt. Du ziehst dich sofort um. Zieh dein grünes Polohemd an.«

»Es ist doof.«

»So gehst du nicht ...«

Es klingelte an der Tür. »Er ist da!« schrie Matt.

»Komm sofort zurück!« rief Elisabeth. Doch sie konnte schon hören, wie ihr Sohn die Treppe hinunterstürzte, um vor seiner Schwester an der Tür zu sein.

»Ich mache auf!«

»Nein, ich!«

Elisabeth erfuhr nie, wer von beiden als erster die

Tür erreichte. Das nächste, was sie vernahm, war Thads Stimme. »Hi. Ich sehe, ihr seid schon fertig. Dann kann es ja losgehen.«

»Noch nicht«, hörte sie Megan sagen.

»Mom ist nämlich noch nicht fertig«, meldete sich Matt zu Wort. »Sie ist immer zu spät, weil sie in der Wanne liegt, bis alle Seifenblasen weg sind. Sie zieht sich gerade an. Das dauert auch immer furchtbar lange.«

»Nun, wir haben ja Zeit, nicht wahr? Was haltet ihr davon, wenn wir im Wohnzimmer auf sie warten?«

Oben erhaschte Elisabeth zufällig einen flüchtigen Blick von sich in dem Drehspiegel, der in der Ecke ihres Schlafzimmers stand. Sie hatte ein Ohr an die Tür gepreßt, damit ihr kein einziges Wort entging, und hielt den Rock an ihre Brust gedrückt.

Wütend über ihr albernes Benehmen, stieg sie hastig in den Rock und zog einen weißen Wollpullover an. Sie band das Haar zu einem Pferdeschwanz zusammen, besprühte sich schnell mit einem Hauch Parfüm und verließ dann das Zimmer.

Sie wollte nicht, daß Thad Randolph dachte, sie würde sich für ihn herausputzen wie ein Teenager für sein erstes Rendezvous. Energisch stieg sie die Treppe herunter, blieb dann einen Augenblick stehen, bevor sie das Wohnzimmer betrat. Thad stand mit dem Rücken zu ihr und hörte Matt zu, der ihm die Schwierigkeiten beim Zusammenbau eines Lego-Schiffs erklärte, das er gerade baute.

»Hallo.«

Beim Klang ihrer Stimme drehte Thad sich um. Er trug Jeans, ein einfaches Baumwollhemd und eine graue Wildlederjacke. Elisabeth mußte zugeben, daß er unglaublich attraktiv aussah. Sie fühlte, wie ihre Handflächen feucht wurden.

»Hi. Matt sagte, Sie wären noch beim Anziehen.« Sein Blick wanderte ihren Körper hinunter bis zu den Spitzen ihrer schwarzen Lederstiefel, und dann wieder hinauf. »Ich hoffe, wir haben Sie nicht gehetzt.«

»Nein. Sind wir soweit?« Er nickte, und die Kinder riefen überschwenglich ja. Matt hielt sie auf, weil er sich weigerte, eine Jacke mitzunehmen. Elisabeth bestand darauf, da viele Veranstaltungen des Festes draußen stattfanden. Außerdem würde man unter der Jacke sein altes Sweatshirt nicht sehen.

»Je eher du deine Jacke holst, desto schneller können wir gehen«, bemerkte Thad.

Matt war in Rekordzeit oben in seinem Zimmer und wieder zurück. Thad ging voran, flankiert von Megan und Matt. Elisabeth bildete die Nachhut, nachdem sie die Tür hinter ihnen abgeschlossen hatte. Es war ein seltsames Gefühl, in Thads Jeep zu sitzen, mit ihm hinter dem Steuer und den Kindern auf dem Rücksitz. Jeder, der sie sah, mußte sie für eine typische amerikanische Familie auf einem Ausflug halten.

Der Gedanke machte Elisabeth so nervös, daß sie zusammenzuckte, als Thad meinte: »Sie sehen hübsch aus heute abend.«

»Sie auch. Ich meine, Sie sehen gut aus.«

»Danke.«

Sie lächelten sich über den Vordersitz an. Elisabeth merkte, wie ihr unter seinem anerkennenden Blick warm wurde. Sie war froh, als Matt Thad etwas fragte und ihn so von ihr ablenkte.

Als sie an der Schule eintrafen, war das Fest bereits in vollem Gang. Auf dem Schulhof wimmelte es von Kindern und ihren Eltern, die sich bemühten, ihre Sprößlinge in dem Trubel nicht aus den Augen zu verlieren.

Als erstes mußten Bons gekauft werden, die an allen Buden und Ständen eingelöst werden konnten. Elisabeth kannte die Vorsitzende der Elternpflegschaft, die sie verkaufte, und sah sich gezwungen, sie mit Thad bekannt zu machen. Die Neugier der Frau war so groß, daß sie sich zweimal mit dem Wechselgeld verzählte, bevor sie es Thad richtig herausgab.

»Sie hätten mich die Bons kaufen lassen sollen«, meinte Elisabeth, als sie von der Kasse weggingen.

»Betrachten Sie es als meine Spende für die Schule«, erwiderte Thad. »Wohin zuerst, Kinder?«

Elisabeths Befürchtungen, daß er sich langweilen würde, waren unbegründet. Zu ihrer Überraschung schien er sich tatsächlich zu amüsieren. Er beriet Megan beim Angelspiel, und sie gewann am Ende eine Flasche mit Seifenblasen. Beim Ballwerfen hielt er Matt hoch, damit er besser treffen konnte, und der Junge kam mit einem breiten Grinsen und einem Sack Murmeln zurück.

Nachdem sie noch an verschiedenen anderen Buden gewesen waren, fragte Elisabeth: »Hat jemand Hunger? Es gibt nur Spaghetti oder Hot dogs«, wandte sie sich entschuldigend an ihren Gast.

»Großartig. Ich habe einen Bärenhunger.«

Sie entschieden sich für Hot dogs. Matt und Megan hatten ihre mit ungefähr drei Bissen verschlungen. »Dürfen wir uns die Gesichter anmalen lassen, Mom?« fragte Megan, nachdem sie den Rest ihrer Limonade ausgetrunken hatte.

Matt hüpfte neben seinem Stuhl auf und ab. »Ja, ich lasse mich als Teufel anmalen.«

»Wie passend.« Elisabeth lachte und kniff ihn in seine senfbeschmierte Wange.

»Können wir, Mom? Es kostet nur sechs Bons.«

»Thad und ich haben noch nichts gegessen.«

»Das dauert doch ewig.« Megan stöhnte. »Und danach trinkt ihr noch eine Stunde Kaffee.«

»Könnten sie nicht allein gehen?« schlug Thad vor.

»Können wir, Mom? Können wir?«

»Dürfen wir«, verbesserte Elisabeth ihren Sohn. »Ja, ihr dürft, wenn ihr versprecht, danach sofort wieder hierher zurückzukommen. Und bleibt zusammen«, rief sie ihnen nach. Mit den Bons, die Thad ihnen gab, zogen die beiden strahlend ab.

»So viel Energie müßte man haben.« Thad grinste und biß in seinen Hot dog.

»Ich habe Sie gewarnt. Sie werden fix und fertig sein, wenn Sie nach Hause kommen.«

»Ich amüsiere mich großartig.«

Das Erstaunliche an der Sache war, daß er sich tatsächlich zu amüsieren schien. Er interessierte sich für die Schule wie die anderen Mütter für Elisabeth Burkes Begleiter. Als ob er ihre Gedanken gelesen hätte, fragte er: »Ist irgend etwas Besonderes an mir? Oder werde ich paranoid? Starren mich alle wirklich an, oder bilde ich es mir nur ein?«

Elisabeth lächelte und zog den Kopf ein. »Sie werden wirklich von allen angestarrt. Jeder weiß, daß ich alleinstehend bin.«

»Wie lange sind Sie schon allein? Wann kam Ihr Mann ums Leben?« Als sie ihn überrascht ansah, fügte Thad hinzu: »Einer der Nachbarn erzählte es mir, als ich einzog. Von sich aus. Ich habe nicht danach gefragt.«

»John starb vor zwei Jahren«, antwortete Elisabeth langsam. »Bei einem Autounfall. Er war auf der Stelle tot.«

»Waren Sie und die Kinder bei ihm?«

»Nein.«

»Gott sei Dank.«

»Es passierte auf dem Weg zur Arbeit. Zwei Polizisten kamen an jenem Morgen zu mir nach Hause und baten mich, sie zum Krankenhaus zu begleiten.«

Sie legte ihren halb aufgegessenen Hot dog auf den Pappteller zurück. »Ich wechselte gerade das Regalpapier in den Küchenschränken, ich werde es nie vergessen. Als ich an jenem Nachmittag nach Hause kam, stand das ganze Geschirr auf dem Tisch, und die Schranktüren waren offen. Für einen Augenblick konnte ich mich nicht erinnern, warum.«

»Der plötzliche Tod Ihres Mannes muß ein ziemlicher Schock für Sie gewesen sein.«

»Es war, als hätte man mir den Boden unter den Füßen weggezogen.« Sie schaute Thad an. »Haben Sie jemals einen Menschen verloren, der Ihnen nahestand?«

»Nein. Nicht auf diese Weise«, erwiderte er knapp. »Möchten Sie einen Kaffee?«

»Gern.«

Er verließ den Tisch und ging zum Getränkestand. Elisabeth beobachtete ihn, wie er sich einen Weg durch die Menge bahnte. Er hatte jemanden verloren, aber nicht durch den Tod. Wen? Wie? War er von jemandem zurückgewiesen worden, den er liebte?

Köpfe wurden gedreht, Blicke folgten ihm. Es war Thad gelungen, die Aufmerksamkeit jeder Frau hier zu erregen. Und welche Frau würde sich nicht von ihm angezogen fühlen? Er sah gut aus, er hatte eine gute Figur, aber er war nicht nur körperlich anziehend. Er hatte auch ein sehr ansprechendes Wesen. Er war sensibel und freundlich. Er hatte es nicht nötig, ständig zu beweisen, was für ein toller Kerl er war. Seine Männlichkeit sprach für sich.

Elisabeth hatte bis jetzt noch nie eine Frau in seinem Haus gesehen, aber sie konnte sich nicht vorstellen, daß er wie ein Mönch lebte. Er hatte perfekt die Mischung heraus, wie er gleichzeitig sexy und liebenswürdig sein konnte. Er behandelte eine Frau wie eine Lady. Und er wußte, wie man aus einer Lady eine richtige Frau machte.

Er war keiner von der Sorte, die ständig eine Frau betatschen mußten, aber er scheute auch nicht vor Berührungen zurück; etliche Male hatte er Elisabeth am Arm genommen und sie durch die Menge geführt. Oder er hatte ihr die Hand auf den Rücken gelegt und sie sanft vorwärts geschoben. Seine Berührungen hatten eine eigenartige Wirkung auf sie gehabt.

Nein, er zeigte Frauen gegenüber keine Schüchternheit. Warum aber war er dann immer noch ein Single? Hatte er vielleicht eine katastrophale Ehe und eine üble Scheidung hinter sich? Erfahrungen, die ihn von einer neuen Ehe abhielten? Mußte er so viel an Unterhalt zahlen, daß er sich eine zweite Ehe nicht leisten konnte? Oder genoß er es einfach, als Junggeselle frei und ungebunden zu sein und die Liebe zu genießen, wie sie kam? Warum hatte sie dann noch nie eine Frau in seinem Haus gesehen?

Thad kehrte mit zwei dampfenden Kaffeebechern zurück. »Nehmen Sie Milch oder Zucker?« fragte er.

»Nur Zucker.« Er reichte Elisabeth ein Tütchen mit Zucker, das er mitgebracht hatte. Sie riß es abwesend auf, schüttete den Zucker in ihren Kaffee und rührte ihn mit einem Plastiklöffel um. »Sind Sie jemals verheiratet gewesen, Thad?«

»Nein.« Er trank einen Schluck von seinem Kaffee und blickte Elisabeth an.

»Oh.« Sie hatte eine etwas ausführlichere Antwort von ihm erwartet.

»Ich bin nicht vom anderen Ufer, wenn es das ist, was Sie sich gerade fragen.« Sie verbrannte sich die Zunge an ihrem Kaffee. Ihre Wangen röteten sich vor Verlegenheit. »Wie kommen Sie darauf?«

»Ich habe es Ihnen angesehen.« Thad betrachtete sie mit einem amüsierten Blick.

»Vielleicht haben Sie recht«, gab sie zu. »Im Unterbewußtsein.«

»Schon gut. Obwohl ich nichts dagegen hätte, Ihnen zu beweisen, daß ich völlig normal bin.« In seinen Augen lag ein mutwilliges Funkeln.

Elisabeth wurde, wenn möglich, noch röter. »Ich glaube Ihnen auch so.« Sie räusperte sich. »Es ist nur, weil ein Mann in Ihrem Alter normalerweise schon mindestens einmal verheiratet war.«

»Ein normaler Mann in meinem Alter hat so ungefähr alles schon mindestens einmal gemacht«, gab er lächelnd zurück. Dann senkte er den Kopf und blickte in seinen Kaffee. »Ich hätte schon öfter heiraten können. Ich habe einige Beziehungen gehabt, die wohl zu einer Ehe hätten führen können, aber irgendwie sind sie immer vorher in die Brüche gegangen.« Er hob den

Kopf und schaute Elisabeth an. »Warum haben Sie nicht wieder geheiratet?«

»Ich habe John sehr geliebt. Wir hatten eine gute Ehe. Nach seinem Tod lebte ich lange Zeit in einem emotionalen Vakuum. Dann eröffnete ich *Fantasy*. Sie wissen, wie schwierig es ist, allein ein Geschäft zu führen. Und es ist noch viel schwieriger, wenn man eine Witwe mit zwei Kindern ist. Ich mußte Vater und Mutter für sie sein. All das zusammen hat mir nicht viel Zeit und Energie für ein Privatleben gelassen. Außerdem«, fügte sie hinzu und holte tief Luft, »bin ich nie mehr einem anderen Mann begegnet, in den ich mich hätte verlieben können. Was ist mit Ihnen? Waren Sie schon einmal richtig verliebt?«

»Ich habe viele Frauen gekannt, mit denen ich gern geschlafen habe, aber verdammt wenige, mit denen ich gern aufgewacht bin.« Trotz des Lärms der Menge hörte Elisabeth den nachdenklichen Ton in seiner Stimme. »Vielleicht ist das der entscheidende Faktor. Ich werde wissen, daß ich verliebt bin, wenn es eine Frau ist, mit der ich jeden Morgen aufwachen möchte.«

Einen Augenblick lang schauten sie sich in die Augen. Es war Matts Stimme, die den Bann schließlich brach. »Hey, sieh mal, Thad.«

Das Gesicht des Jungen war eine rot und schwarz angemalte Maske, die nur von seinem breiten Grinsen durchbrochen wurde. Megan hatte sich das Gesicht wie eine Pierrette anmalen lassen, mit Tränen unter den Augen und einem roten Herzen als Mund.

»Megan, du siehst toll aus!« rief Thad. »Aber wo zum Teufel ist Matt?«

Der Junge brach in Gekicher aus und rannte gegen Thads Brust. »Seid ihr fertig mit dem Kaffee?« wollte Megan wissen, nachdem sie und ihr Bruder sich wieder beruhigt hatten.

Thad warf einen Blick auf Elisabeth und zuckte hilflos mit den Schultern. »Ja, wir sind fertig«, erklärte er.

Er half Elisabeth von ihrem Stuhl hoch und beugte sich ein wenig vor, damit sie ihn bei dem Lärm verstehen konnte. »Was halten Sie davon, wenn wir jetzt nach draußen gehen?«

»Einverstanden. Schließlich müssen wir doch einen Grund haben, warum Matt seine Jacke mitnehmen mußte.«

Thad lachte, legte ihr einen Arm um die Schultern und drückte sie leicht an sich. Es war eine freundschaftliche Geste, keine verführerische. Es gab keinen vernünftigen Grund, warum ihr Herz plötzlich schneller schlagen sollte. Überhaupt keinen. Ein Mann sprach nicht mit einer Frau, mit der er ins Bett gehen wollte, über die anderen Frauen, mit denen er geschlafen hatte. Über solche Dinge unterhielt er sich mit einem Freund, einem Kumpel.

Und auf eben dieser Ebene würde eine Beziehung zwischen ihnen sein, sollte es denn je eine zwischen ihnen geben. Sie würden Freunde sein, keine Liebenden.

Aber offensichtlich war Thad sich dessen nicht bewußt. »Vorsicht!« sagte er, als sie auf dem unebenen Boden stolperte. Über ihre Schulter hinweg griff er nach ihrer Hand und verschränkte seine Finger mit ihren. Elisabeths Arm ruhte zwischen seinem und seiner Seite, und sein Ellbogen lag knapp unterhalb ihrer Brust. Hin und wieder, und sie war sicher, daß es wirklich nur zufällig war, streifte sein Arm ihren Busen. Ihre Reaktion darauf führte ihre Überlegungen von eben über platonische Freundschaft ad absurdum.

»Dürfen wir mit dem Heuwagen fahren, Mom?« bettelte Matt.

»Von mir aus.« Ihre Stimme klang ein wenig zittrig.

Die beiden Kinder kletterten auf den Pferdewagen.

»Tut mir leid, aber ich kann nicht die Verantwortung für die Kinder übernehmen. Es muß wenigstens ein Elternteil mitfahren«, meinte der Kutscher.

»Kein Problem«, erwiderte Thad. »Das hatten wir ohnehin vor.«

Er stieg in den Wagen und reichte Elisabeth die Hand, um ihr hinaufzuhelfen.

Elisabeth zögerte. Irgendwie hatte sie das Gefühl, daß ihr die Kontrolle über die Situation entglitten war. Sowohl die Leute, die schon im Wagen saßen, als auch diejenigen, die hinter ihr in der Reihe warteten, beobachteten das Ganze erwartungsvoll.

Elisabeth seufzte. Sie hatte eigentlich nur zwei Möglichkeiten. Sie konnte eine dumme Szene machen und sich weigern, auf den Wagen zu steigen, oder sie konnte Thads Hand nehmen und sich hochziehen lassen. Es war eindeutig leichter und angenehmer, sich für die zweite Möglichkeit zu entscheiden.

Nachdem Megan und Matt sicher untergebracht waren, suchte er für Elisabeth und sich eine Stelle im Heu. Seine Nähe löste ein seltsames Gefühl der Erregung in Elisabeth aus. Sie zog nervös den Rock um ihre Beine und bemühte sich, Thad nicht zu berühren.

»Macht das nicht Spaß, Mom?« fragte Megan über die Köpfe der Leute, die zwischen ihnen saßen. Alle Blicke wandten sich in Elisabeths Richtung.

»Und wie.« Sie zwang sich zu einem Lächeln und saß stocksteif da. Thads Arm lag auf den Wagenstäben hinter ihr. Wenn sie sich nur ein kleines Stück zurücklehnte, würde sie in seiner Armbeuge liegen.

»Rücken Sie bitte noch etwas zusammen, damit alle Platz haben«, rief der Fahrer, als er der letzten Gruppe auf den Wagen half. »Ma'am, würde es Ihnen etwas ausmachen, sich bei Ihrem Mann auf den Schoß zu setzen?«

Entsetzt begriff Elisabeth, daß er sie meinte. Sie blieb regungslos sitzen, während sich alle erwartungsvoll zu ihr umdrehten.

»Elisabeth?« fragte Thad leise.

Sie vermied es, ihn anzuschauen, aber sie wehrte sich nicht, als er sie auf seinen Schoß hob.

»Danke.« Der Kutscher schloß die hintere Klappe, dann ging er nach vorn, nahm seinen Platz oben auf dem Wagen ein und ergriff die Zügel. »Haltet euch fest, Leute«, rief er über seine Schulter. »Es geht los.«

»Hast du gehört, was der Mann gesagt hat, Mom?« rief Megan. »Er dachte, Thad wäre dein Mann.«

»Das wäre toll«, mischte sich der Teufel mit dem rotschwarzen Gesicht ein. »Dann hätte ich einen richtigen Dad statt einem, der im Himmel ist.«

Elisabeth schloß stöhnend die Augen. Sie konnte Thads stilles Lachen fühlen. »Erinnern Sie mich daran, daß ich nachher meine Kinder ermorde«, murmelte sie. »Es tut mir so leid, Thad.«

»Was tut Ihnen leid?«

»Das Ganze muß doch schrecklich peinlich für Sie sein.«

»Ich habe eher den Eindruck, daß es Ihnen peinlich ist.«

»Und dann sitze ich auch noch auf Ihrem Schoß. Ich hoffe, es macht Ihnen nicht allzuviel aus.«

Sein Blick suchte ihren. »Überhaupt nicht. Und wo wir schon einmal hier sind«, fügte er leise hinzu, während er die Arme um sie legte, »sollten wir uns am besten entspannen und die, hm ... Fahrt genießen.«

Elisabeth dachte darüber nach, als sie später allein in ihrem Schlafzimmer war, das Licht gedämpft und die Läden geschlossen hatte. Warum nur wünschte sie sich, er hätte auch etwas Verbotenes getan?

Er hätte zum Beispiel während der Fahrt auf dem Heuwagen einen Kuß auf ihren Nacken hauchen können. Er hätte die Hände ein bißchen hochschieben und ihren Busen berühren können.

Als er ihr wieder vom Wagen heruntergeholfen hatte, hätte er sie ein wenig länger festhalten können. Nachdem sie die Kinder nach oben geschickt hatte, damit sie sich fürs Schlafengehen fertigmachten, hätte er sich noch zu einer Tasse Kaffee einladen lassen können, statt sich einfach zu verabschieden. Er hätte ihr einen harmlosen Gutenachtkuß auf die Wange geben können. Er hätte irgend etwas tun können, was nicht so verdammt nett und höflich gewesen wäre!

Natürlich wollte sie nicht, daß sich eine romantische Beziehung zwischen ihnen entwickelte. Ganz bestimmt nicht. Aber dieser Abend war einer der schönsten gewesen, den sie seit langem erlebt hatte. Thad war noch tausendmal attraktiver, als sie anfangs gedacht hatte.

Was seine vergangenen Affären betraf, so empfand sie eine viel größere Neugier, als normal war. Sie hätte zu gern gewußt, welche Art von Frauen ihn reizten. Ein Mann wie er lebte mit Sicherheit nicht über längere Zeit hinweg in Keuschheit. Er war zwar ein Gentleman, aber deshalb noch lange nicht aus Stein.

Mist, sie benahm sich wirklich albern. Ärgerlich auf sich selbst, machte sie das Licht aus und zog sich die Decke bis zum Kinn hoch. Ärgerlich auf sich selbst und wütend auf Thad, weil er so nett gewesen war.

Er hatte seinen Charme spielen lassen. Seine Manieren waren tadellos gewesen. Er hätte es ausnutzen können, als sie während der Fahrt mit dem Heuwagen auf seinem Schoß gesessen hatte. Er hätte auf unfaire Weise einen Vorteil aus der ganzen Situation ziehen können. Vor allem, wenn man bedachte, daß er, um sie festzuhalten, seine Hände knapp unterhalb ihrer Brust verschlungen hatte. Aber er hatte es nicht getan.

Er war der perfekte Gentleman gewesen. Er hatte ihr seine Jacke angeboten, als die Abendluft kühl geworden war. Sie hatte seinen warmen Atem in ihrem Nacken gespürt, und einen Moment lang wäre sie fast der Versuchung erlegen, sich zu entspannen und ihren Kopf an seine Schulter zu lehnen. Aber wie konnte sie es wagen, die Grenze zu überschreiten, die er durch sein untadeliges Verhalten gezogen hatte?

Er war den ganzen Abend freundlich und höflich geblieben. Er hatte Megan und Matt bedauert, als sie bei der Verlosung nur Nieten gezogen hatten und der schöne Hauptgewinn an jemand anderen ging. Er hatte sich ein paarmal bei den Kindern dafür bedankt, daß sie ihn zu diesem herrlichen Fest eingeladen hatten. Er hatte sie nicht einfach unten an der Straße aus dem Auto gelassen, sondern war ausgestiegen und hatte sie bis zum Haus begleitet. Sein Lächeln war freundlich und kameradschaftlich gewesen, als er sich dann später von Elisabeth verabschiedet und sich auch bei ihr noch einmal bedankt hatte, daß sie ihm erlaubt hatte, mitzukommen.

Er war ein richtig guter Kumpel gewesen.

Und warum, verdammt noch mal, war sie dann so enttäuscht?

5

Elisabeth war immer noch wütend, als sie am folgenden Nachmittag zum Supermarkt fuhr. Da es nicht weit war und sie nicht lange weg sein würde, hatte sie Megan und Matt allein zu Hause gelassen, damit sie ihre Hausaufgaben machen konnten.

Die Gänge im Supermarkt waren so gut wie leer, da an diesem Nachmittag ein Baseballspiel der Chicago Bears im Fernsehen übertragen wurde. Sie hatte rasch alles eingekauft, was auf ihrer Liste stand, und wollte zur Kasse gehen, als sie sah, wie Thad den Laden betrat. Hätte er sie nicht im gleichen Augenblick entdeckt, hätte sie versucht, ihm auszuweichen.

So aber nickte sie mit einem flüchtigen Lächeln, machte eine Kehrtwendung und schob mit ihrem Einkaufswagen in die entgegengesetzte Richtung davon. Doch schon nach wenigen Schritten blieb sie abrupt stehen, als Thad um das Ende des nächsten Gangs bog.

»Hi.«

»Hi, Thad.«

»Sie haben ja eine Menge eingekauft.«

»Ich erledige meine Einkäufe immer am Wochenende, weil ich während der Woche nicht dazu komme. Ich dachte, Sie würden sich wie alle anderen gewissenhaften Fans das Baseballspiel ansehen.«

Thad grinste. »Es ist Halbzeit. Ich wollte Nachschub holen.« Er hielt eine Tüte Kartoffelchips und einen Sechserpack Bier hoch.

»Nun, dann lassen Sie sich von mir nicht aufhalten.« Elisabeth wollte weitergehen.

»Wenn Sie alles haben, fahre ich hinter Ihnen her und trage Ihnen die Sachen ins Haus.«

»Nein!« sagte Elisabeth ein wenig zu laut. »Ich meine, Sie wollen doch sicher das Spiel zu Ende sehen.«

»Kein Problem. Die Bears führen mit einundzwanzig Punkten. Es ist langweilig.«

Bevor Elisabeth protestieren konnte, legte er seine Kartoffelchips und das Bier in ihren Einkaufswagen, schob sie zur Seite und übernahm die Führung.

»Also, Thad, es ist wirklich nicht nötig ...«

»Oh, hallo!«

Thad war um das Ende des Gangs gebogen und mit einem anderen Wagen zusammengestoßen, der von der Mutter einer von Megans Mitschülerinnen geschoben wurde.

»Tag«, murmelte Elisabeth.

»Ich habe Sie beide gestern abend auf dem Fest gesehen. Hat es Ihnen gefallen?« Ihr Blick ging zwischen Thad und Elisabeth hin und her.

»Ich habe mich sehr gut amüsiert«, antwortete Thad, da die Frage offensichtlich an ihn gerichtet gewesen war.

»Wie schön.« Einen Augenblick lang sagte keiner etwas. »Nun, dann auf Wiedersehen.«

»Auf Wiedersehen.« Elisabeth wußte, daß es sich wie ein Lauffeuer herumsprechen würde, daß ihr Begleiter vom Schulfest mehr als eine flüchtige Bekanntschaft war. Sie waren an einem Sonntagnachmittag zusammen beim Einkaufen gesehen worden. Das ließ vermuten ... Nun, die Phantasie der Leute würde wieder einmal keine Grenzen kennen.

Sie wartete, bis die Frau außer Hörweite war. Dann nahm sie das Bier und die Chips aus ihrem Wagen und drückte Thad die Sachen in die Hände. »Mir ist gerade eingefallen, daß ich noch etwas vergessen habe. Vielen Dank für Ihr Angebot, mir die Sachen ins Haus zu tragen, aber Sie sollten jetzt besser fahren. Die Halbzeit ist inzwischen sicher vorbei. Bis dann.«

Sie schob mit ihrem Einkaufswagen los, bevor Thad etwas erwidern konnte.

Da die Mutter von Megans Schulfreundin auf die Molkereiprodukte-Abteilung zugesteuert war, ging Elisabeth zum Obst und Gemüse auf der anderen Seite des Ladens. Sie würde hier warten, bis sie sicher sein konnte, daß Thad weg war.

»Was ist eigentlich los?«

Elisabeth ließ die Orange fallen, die sie in der Hand hatte, und fuhr herum. Thad stand nur Zentimeter von ihr entfernt, die Einkaufstüte auf die Hüfte gestützt. Es war das erste Mal, daß Elisabeth ihn wütend sah.

»Ich weiß nicht, was Sie meinen.«

»Warum haben Sie mich eben abblitzen lassen?«

»Habe ich doch gar nicht!«

»Nein?«

»Nein! Ich ... ich hatte mich nur gerade daran erinnert, daß ich den Kindern versprochen hatte, einen Kürbis zu besorgen, damit ich ihnen eine Halloween-Laterne daraus schnitzen kann.«

Thad sagte nichts, er schaute nur vielsagend auf die Kisten mit den Orangen, vor denen sie stand.

»Orangen hatte ich auch kaufen wollen«, behauptete sie schnell. Sie ging ein paar Schritte weiter und schob ihren Wagen dorthin, wo die Kürbisse waren.

Halloween war noch ein paar Wochen entfernt, und jede Laterne, die sie jetzt schon dafür schnitzte, würde sich bis dahin in Matsch und Fäulnis aufgelöst haben – aber sie würde den Teufel tun und zugeben, daß sie gelogen hatte!

Sorgfältig untersuchte sie jeden einzelnen Kürbis, nahm ihn in die Hand und legte ihn wieder hin. Thad betrachtete sie unterdessen mit der gleichen Aufmerksamkeit. Elisabeth war froh, daß sie ihren alten, ausgebeulten Jogginganzug trug. So schrecklich, wie sie darin aussah, konnte kaum jemandem der Verdacht kommen, daß sie versuchen könnte, ihren Nachbarn zu verführen.

Er war genauso lässig-schäbig gekleidet wie sie, aber dennoch gelang es ihm, attraktiv zu wirken. Er trug Jeans, die so verblichen waren, daß sie kaum mehr Farbe hatten, ausgelatschte Turnschuhe und ein Sweatshirt, das so oft gewaschen worden war, daß man den Aufdruck nicht mehr entziffern konnte.

Er sah aus, als sei er gerade aus dem Bett gestiegen und hätte sich das erstbeste, was ihm zwischen die Finger gekommen war, übergezogen. Den Gedanken an Thad im Bett fand Elisabeth ausgesprochen verführerisch – und prompt wurde sie wieder rot.

Sie wollte nicht, daß Thad immer wieder ihre Aufmerksamkeit erregte. Es störte sie, daß sie alles an ihm so genau und interessiert wahrnahm. Wie er sich anzog. Wie er roch. Wie anziehend er wirkte, wenn er ein bißchen verstrubbelt war.

Und sie war immer noch böse auf ihn, weil er am vergangenen Abend nicht einen einzigen Annäherungsversuch gemacht hatte. Es hatte einige Gelegenheiten gegeben, die mehr als geeignet waren, und er hatte nicht eine davon genutzt. Natürlich hätte sie ihm sofort einen Korb gegeben, aber er hätte es ja wenigstens versuchen können! War sie denn so unattraktiv? Fand er sie denn nicht wenigstens ein bißchen anziehend? In der Nacht hatte sie wieder von ihrem geheimnisvollen Liebhaber geträumt, nur daß sie diesmal das Gesicht ihres Geliebten gesehen hatte – und es hatte eine verblüffende Ähnlichkeit mit dem von Thad gehabt!

Immer noch betrachtete Thad sie nachdenklich und forschend.

»Haben Sie sich schon für einen Kürbis entschieden?« wollte er wissen.

»Welcher gefällt Ihnen denn am besten?«

»Die großen dicken mag ich am liebsten.«

»Ich auch. Was halten Sie denn von dem da?« Sie zeigte auf einen wirklich sehr großen Kürbis.

»Sieht gut aus.« Er schwieg einen Moment. »Ich trage ihn für Sie zur Kasse.«

»Wirklich, Thad, Sie brauchen sich die Mühe nicht zu machen. Sie werden das Baseballspiel verpassen.«

Er sah sie einen Moment lang an, als wollte er widersprechen, doch dann gab er nach.

»Okay«, sagte er. »Vielleicht komme ich heute abend vorbei und helfe Ihnen, ihn auszuhöhlen.«

»Oh, ich schaffe das schon allein, aber trotzdem vielen Dank.«

»Ich weiß nicht, Elisabeth, mit so einem scharfen Messer kann man schnell mal ausrutschen …«

»Ich bin wirklich in der Lage, ganz allein und ohne Hilfe eine Halloween-Laterne für meine Kinder aus einem Kürbis zu machen.«

Sie wußte selbst, daß sie sich ziemlich schnippisch

anhörte. Der Ausdruck auf Thads Gesicht verriet ihr, daß ihm ihr Ton auch nicht gefiel. Warum nur fiel ihr gerade jetzt ein, daß sie schon einmal gedacht hatte, daß er nicht der Typ war, der einem Streit aus dem Weg ging?

Thad stellte seine Einkaufstüte auf einer Kiste mit Äpfeln ab und lehnte sich so weit vor, daß ihre Nasen sich fast berührten.

»Also gut, vergessen Sie das Schnitzen, vergessen Sie den Kürbis, vergessen Sie die Einkäufe«, sagte er. »Lassen Sie uns über etwas anderes reden. Warum sind Sie plötzlich so zickig?«

Elisabeth blieb bei seinen Worten der Mund offenstehen. Unwillkürlich trat sie einen Schritt zurück.

»Ich weiß nicht, was Sie meinen«, behauptete sie.

»Und ob Sie das tun!« sagte er böse. »Was ist zwischen gestern abend und heute nachmittag passiert, daß ich plötzlich zur unerwünschten Person geworden bin?«

»Nichts.«

»Warum sind wir dann auf einmal keine Freunde mehr? Ist es wegen dieser Frau, die wir eben getroffen haben? Haben Sie Angst, man könnte über Sie reden, wenn wir zusammen gesehen werden?«

Er fuhr sich durch das Haar. »Hören Sie, Elisabeth, die Leute werden über Sie reden, einfach weil Sie eine junge Witwe sind, die gut aussieht und einen phantastischen Körper hat. Sie werden so oder so über uns tratschen, ob wir nun miteinander schlafen oder nicht.«

»Was wir nicht tun werden!«

Seine Augen verengten sich. Mit einer zornigen Bewegung nahm er seine Einkaufstüte hoch. »Da haben

Sie recht. Chamäleons sind ekelhaft, was mich betrifft. Ich bekomme eine Gänsehaut, wenn ich sie nur sehe.«

»Bis Halloween wird er ganz matschig sein!«

»Dann machen wir eben eine neue Laterne«, versprach Elisabeth ihren zweifelnden Kindern.

»Warum hast du den Kürbis denn in das hintere Fenster gestellt, Mom?«

»Findest du denn nicht, daß er sich da gut macht?«

»Doch, aber da kann ihn doch niemand außer uns sehen!«

Niemand außer uns und unserem Nachbarn, dachte Elisabeth. Deshalb hatte sie ja auch die größte Kerze, die sie überhaupt finden konnte, genommen und in den Kürbis gestellt.

Allerdings hatte ihr Triumphgefühl einen kleinen Dämpfer bekommen, als sie bemerkt hatte, daß das Nachbarhaus dunkel war und Thads Jeep nicht in der Einfahrt parkte. Das und die Tatsache, daß es einen kleinen Unfall beim Schnitzen gegeben hatte. Das Messer war ihr ausgerutscht, und sie hatte ein Stück zuviel herausgeschnitten, es allerdings mit Zahnstochern wieder befestigt. Aber das würde Thad von seinem Fenster aus ja nicht sehen können.

»Es langt doch, wenn wir uns darüber freuen können«, erwiderte sie und setzte ein strahlendes, falsches Lächeln auf. »Wenn er anfängt zu faulen, kaufe ich einen neuen Kürbis, den wir dann auch aushöhlen werden. So, und jetzt könntet ihr mir dabei helfen, das ganze Durcheinander hier wieder in Ordnung zu bringen.«

»Dürfen wir die Kerne rösten?«

»Nein, nicht mehr heute abend. Ihr müßt dann ins Bett.«

Natürlich dauerte es noch eine geschlagene Stunde, bis die Kinder endgültig im Bett lagen, bis sie zugedeckt waren, das Nachtgebet gesprochen war, der letzte Schluck Wasser getrunken und auch keiner mehr auf die Toilette mußte.

Elisabeth registrierte mit einem Stirnrunzeln, daß die Kinder inzwischen auch Thad in ihr Nachtgebet aufgenommen hatten. Diese Ehre war sonst nur noch Daddy im Himmel, Tante Lilah und den Großeltern sowohl väterlicher- als auch mütterlicherseits vergönnt.

Mrs. Alder hatte keinen festen Platz, das hing davon ab, wie die Kinder gerade mit ihr zurechtgekommen waren. Elisabeth fragte sich unwillkürlich, ob Thad sich wohl einen festen Platz erobert hatte oder ob es nur vorübergehend war.

Sein Jeep stand immer noch nicht in der Einfahrt, als sie schließlich die Kerze in der Laterne ausblies und nach oben in ihr Schlafzimmer ging. Weil sie noch nicht sehr müde war, las sie in einem Buch, das sie sich in der Bücherei ausgeliehen hatte, aber sie konnte sich einfach nicht auf die Geschichte konzentrieren.

Wie hatte er es wagen können, so mit ihr zu reden? Zu behaupten, sie benähme sich zickig! Was hätte sie denn sonst tun sollen, als sie plötzlich in ihn hineingerannt war? Vor lauter Verlegenheit rot werden? Mit den Wimpern klimpern und sich demütig bedanken, daß er sie und ihre Kinder zu dem Schulfest begleitet hatte?

Unverschämt, sie mit einem Chamäleon zu vergleichen! Was hatte er denn? Im einen Moment war er noch nett und freundlich gewesen, dann war er plötzlich über sie hergefallen!

Am vernünftigsten wäre, wenn sie die Freundschaft, die sich zwischen ihnen entwickelte, im Keim erstickte. Er war zu launisch. Und im Grunde war er ja immer noch ein Unbekannter für sie. Und jetzt wollte sie auch gar nichts mehr über ihn wissen.

Es hätte so bleiben sollen, wie es vorher gewesen war, bevor Baby auf den Baum geklettert war und nicht mehr heruntergefunden hatte. Thad Randolph hätte ein Nachbar bleiben sollen, den sie nur flüchtig kannte und der ein wenig geheimnisvoll wirkte. Sie wünschte sich wirklich, sie könnte die Zeit zurückdrehen.

Erst als sie das Geräusch von Thads Jeep hörte, löschte sie das Licht. Und natürlich war es reiner Zufall, daß ihr jetzt endlich die Augen zufallen wollten. Elisabeth kuschelte sich unter ihre Decke.

Doch nur einen Augenblick später schob sie sie wieder weg und sprang hastig aus dem Bett. Sie hatte vergessen, den Rasensprenger auszuschalten! Sie hatte ihn am Nachmittag eingeschaltet, und seitdem lief er ununterbrochen.

Elisabeth tappte die Treppe hinunter und durch die Küche zur Terrassentür.

Der Beton auf der Veranda war kalt unter ihren nackten Füßen. Elisabeth fröstelte in der kühlen Nachtluft, weil sie sich nicht die Zeit genommen hatte, einen Morgenrock überzuziehen. Den Saum ihres langen Nachthemds gerafft, damit er nicht durch das nasse Gras schleifte, ging sie zum Wasserhahn.

Es dauerte einen Augenblick, bis sie ihn in der

Dunkelheit gefunden und abgedreht hatte. Als sie sich aufrichtete und umdrehte, schrie sie erschrocken auf.

Ihr Herz klopfte wie wild, und sie preßte die Hand gegen ihre Brust. Dann erkannte sie in der Gestalt, die aus der Dunkelheit auftauchte, Thad Randolph.

Elisabeth fragte nicht: »Was machen Sie hier?«, weil sie es wußte. Sie konnte nicht sagen, woher sie es wußte; sie wußte es einfach.

Deshalb war sie auch nicht überrascht, als er seine Hände um ihr Gesicht schloß und mit dem Daumen in einer sinnlichen Geste über ihre Lippen strich.

Ihre Hände schienen einen eigenen Willen zu besitzen, als sie Thads Hemd aufknöpften, es zur Seite schoben und seine nackte Brust streichelten. Sie hörte, wie er leise aufstöhnte. Einen Moment später fühlte sie, wie sein Körper sie mit leichtem Druck gegen die Hauswand preßte.

Sie sah, wie sich sein Gesicht ihrem näherte, und schloß die Augen, als seine Lippen ihre berührten.

Ihre Leidenschaft erwachte unter seiner erfahrenen Liebkosung. Noch nie in ihrem Leben war Elisabeth so geküßt worden. Nicht einmal in ihren Träumen.

Dann gab er ihren Mund frei, und seine Lippen wanderten ihren Hals hinunter zu ihren Brüsten. Als sie sich um eine Brustwarze schlossen, bog Elisabeth sich Thad automatisch entgegen und krallte die Finger in sein Haar. Er zog die harte Spitze mitsamt dem Nachthemd in seinen Mund und saugte daran.

Elisabeth konnte spüren, wie erregt er war, als er sich verlangend gegen sie preßte. Sie rieb ihren Körper an seinem. Thad nahm ihr Gesicht in die Hände und küßte sie leidenschaftlich.

Einen Augenblick später hatte ihn die Nacht verschluckt.

Atemlos stolperte Elisabeth ins Haus, die Treppe hinauf und in ihr Schlafzimmer. Sie schloß die Tür hinter sich und lehnte sich auf schwachen Beinen dagegen. Als sie mit den Fingern vorsichtig ihre Lippen berührte, konnte sie fühlen, daß sie geschwollen und wund waren.

Es war also kein Traum gewesen. Es war wirklich passiert. Aber wie? Warum? Und weshalb hatte sie es zugelassen?

Weil sie auch nur ein Mensch war. Eine Frau, die wußte, was Leidenschaft war. Ihre Bedürfnisse und Sehnsüchte waren nicht mit John Burke gestorben. Das hatte Thad ihr gerade gezeigt. Und jetzt brauchte sie ein Ventil für dieses ungestillte Verlangen, das ihr Innerstes aufwühlte.

Wie in Trance ging sie zu ihrem kleinen Rattan-Schreibtisch und holte ein Notizbuch und einen Stift heraus. Der Stift flog über die Seiten, und Elisabeth hörte nicht eher auf zu schreiben, bis sie ihre Phantasien zu Papier gebracht hatte.

Hinterher schlief sie tief und traumlos. Am Morgen rief sie Lilah an, bevor sie es sich anders überlegen konnte.

Erst eine ganze Weile später kamen ihr Zweifel, ob es richtig war, was sie gemacht hatte. Lilah war natürlich begeistert gewesen, daß Elisabeth endlich einverstanden war, ihre Phantasien einzuschicken.

Sie war sofort zu ihr gefahren, um die Seiten abzuholen, die Elisabeth in der Nacht geschrieben hatte.

Lilah riß ihrer Schwester die Blätter aus der Hand. »Ich werde dir keine Zeit geben, es dir anders zu überlegen. Woher kommt eigentlich der plötzliche Sinneswandel?«

Elisabeth hatte nicht vor, ihrer Schwester auf die Nase zu binden, daß ein nächtliches Stelldichein mit ihrem Nachbarn der auslösende Faktor gewesen war.

»Ich kann das Geld gebrauchen«, antwortete sie. »Wenn du glaubst, daß sie gut genug sind, dann schick sie weg. Wenn nicht, sag es mir ruhig. Ich kann es verkraften.«

»Ich kann es kaum erwarten, sie zu lesen«, erwiderte ihre Schwester.

Den ganzen Morgen wartete Elisabeth auf einen Anruf von Lilah. Als sie bis Mittag immer noch nichts von ihr gehört hatte, vermutete sie, daß ihre zwei Geschichten wahrscheinlich furchtbar gewesen waren und Lilah nicht wußte, wie sie es ihr beibringen sollte. Da wenig Betrieb im Hotel herrschte, hatte auch Elisabeth nicht viel zu tun. Nachdem sie ihr Mittagessen verzehrt hatte, das aus Obst und Käse bestand, begann sie, Bestellkataloge durchzublättern. Als die kleine Glocke über ihrer Tür erklang und einen Kunden ankündigte, blickte Elisabeth mit einem verbindlichen Lächeln auf.

Es erstarrte ihr auf den Lippen, als sie sah, wer der Kunde war. Es war Thad Randolph. Sie wäre fast von ihrem Stuhl hinter dem Ladentisch gefallen. Für einen endlosen Augenblick starrten sie sich an.

»Hi«, sagte Thad schließlich.

Elisabeth stand vorsichtig auf, unsicher, ob ihre Beine sie tragen würden. Ihr Gesicht glühte, und ihr Puls beschleunigte sich. »Hallo.«

Wieder breitete sich gespanntes Schweigen zwischen ihnen aus. Dann riß Thad den Blick von Elisabeth los und schaute sich um. »Ich habe zwar schon mal einen Blick durch Ihr Schaufenster geworfen, aber ich bin noch nie hier drinnen gewesen. Es ist hübsch.«

»Danke.«

»Und es riecht gut.«

»Ich verkaufe auch Düfte und Kräutersäckchen.« Sie zeigte auf einen Korb voll kleiner Spitzenkissen, die mit getrockneten Blumen und Gewürzen gefüllt waren.

Hatte sie wirklich gestern nacht in den Armen dieses Mannes gelegen? Nackt, bis auf ein dünnes Batistnachthemd? Hatte sie sich wirklich verlangend an ihn geschmiegt, ihn leidenschaftlich geküßt?

Elisabeth beobachtete, wie er zu der Auslage mit parfümiertem Briefpapier hinüberging. Er nahm einen der in Geschenkpapier eingepackten Kartons auf und schnupperte daran.

»Chanel?« fragte er über seine Schulter.

Sie nickte verwirrend. An wem hat er Chanel gerochen, dachte sie.

Er legte das Briefpapier zurück und sah sich die Regale mit dem Konfekt an. »Die offene Schachtel ist zum Probieren da«, meinte Elisabeth, um das gespannte Schweigen zu durchbrechen.

»Nein, vielen Dank, obwohl es sehr verlockend aussieht.«

Von dort ging er weiter zu den Parfümflaschen, den lackierten Schmuckkassetten, den kleinen Gedichtbänden. Elisabeth verfolgte fasziniert jede seiner Bewegungen.

»Wofür ist der Schlüssel?«

Erschrocken über die plötzliche Frage, riß sie den Blick von seinen Händen los und sah ihn an. »Oh, er gehört zu dem Tagebuch.«

»Hm, ich verstehe.« Er nahm das Buch mit dem Satineinband auf und steckte den kleinen goldenen Schlüssel versuchsweise in das Schloß. Dann legte er das Tagebuch auf das Regal zurück.

Er drehte sich um und schaute Elisabeth schweigend an.

»Kann ich ... Brauchen Sie ... Suchen Sie etwas Bestimmtes?«

Thad räusperte sich und wandte den Blick ab. »Ja. Ich brauche etwas Nettes.«

»So?« Fast hätte sie hinzugefügt. »Für wen?«

»Ein ganz spezielles Geschenk.«

»Für einen speziellen Anlaß?«

Thad hustete. »Nun, eigentlich ja. Ich muß eine verlorene Freundschaft wiederherstellen.« Er trat vor die Glasvitrine, hinter der Elisabeth saß.

»Je eher, desto besser. Sonst fürchte ich, daß es das nächste Mal nicht bei einem Kuß zwischen uns bleiben wird.«

Es war offensichtlich, daß er eine Antwort von ihr erwartete. »Es ist diesmal nicht bei einem Kuß geblieben«, murmelte sie.

»Nein«, erwiderte er leise. »Das ist es nicht, nicht wahr? Möchten Sie eine Entschuldigung hören, Elisabeth?«

Sie schüttelte den Kopf. »Ich möchte lieber nicht darüber reden.«

»Sie wollen keine Erklärung?«

»Ich bin nicht sicher, ob es eine Erklärung gibt für so etwas. Es ist einfach« – sie hob hilflos die Schultern – »passiert.«

»Ich hatte es nicht geplant.«

»Ich weiß.«

Für einen Augenblick war es still. Dann fragte Thad: »Warum waren Sie gestern im Supermarkt so unfreundlich?«

»Ich war ärgerlich.«

»Warum?«

»Ich weiß nicht genau. Ich schätze, weil ich meine Partner selbst bestimmen will. Ich will nicht, daß meine Kinder sie für mich aussuchen. Ich wollte Ihnen klarmachen, daß ich nicht von Ihnen erwarte, daß Sie noch einmal mit mir ausgehen. Vielleicht bin ich dabei ein bißchen zu weit gegangen.«

»Allerdings.«

»Das ist mir inzwischen auch klargeworden. Es tut mir leid, daß ich überreagiert habe.«

»Sie brauchen sich nicht zu entschuldigen. Mein Verhalten war auch nicht richtig. Ich war furchtbar wütend auf Sie, aber ich hätte nicht sagen sollen, was ich gesagt habe. Es war unpassend.«

»Bitte«, meinte Elisabeth kopfschüttelnd, »ich verstehe.«

Thad stieß langsam die Luft aus. »Jedenfalls, als ich gestern abend nach Hause kam und bemerkte, daß Ihr Sprenger noch an war, dachte ich, ich tue Ihnen einen Gefallen und stelle ihn ab. Ich hatte nicht erwartet, Sie dort stehen zu sehen. Vor allem nicht mit nichts als einem dünnen Nachthemd bekleidet.«

»Sie denken doch nicht, ich wäre absichtlich so hinausgegangen, um Ihre Aufmerksamkeit zu erregen, oder?«

»Nein.«

»Mir fiel nämlich erst ein, daß ich vergessen hatte, den Sprenger abzuschalten, als ich schon im Bett war. Wenn es nicht so spät gewesen wäre, wäre ich nie im

Nachthemd nach draußen gegangen. Und wenn es nicht nötig gewesen wäre, wäre ich überhaupt nicht nach draußen gegangen.«

»Ich verstehe.«

Elisabeth beschloß, daß es sicherer war, das Thema zu wechseln. »Woran hatten Sie denn gedacht?« fragte sie.

»Nur, Sie zu küssen. Mehr nicht, ich schwöre. Aber dann fingen sie an, meinen Kuß zu erwidern. Ich spürte Ihre Brüste an meiner Brust, und, verdammt, es fühlte sich gut an. Ich mußte einfach … Was ist los?«

»Ich meinte das Geschenk«, antwortete sie heiser. »An was für ein Geschenk für Ihre … Ihre Dame hatten Sie denn gedacht?«

»Oh, das. Hm, was könnten Sie mir empfehlen?«

Elisabeth machte ihm mehrere Vorschläge, aber keiner schien ihm zu gefallen.

»Nein, sie ist kein Büchertyp«, erklärte er, als sie auf einen dünnen Band mit Shakespeare-Sonetten zeigte. Nein, natürlich nicht, dachte Elisabeth. Das waren Geliebte selten.

»Wie wäre es denn mit so was?«

Thad blieb vor dem kreisförmigen Ständer mit eleganten Dessous stehen.

»Tragen Frauen solche Sachen tatsächlich gern? Oder wünschen die Männer sich das nur?«

Elisabeth war plötzlich wütend. Warum kam er mit solchen Wünschen zu ihr?

Wenn er ein sexy Negligé für seine heimliche Geliebte kaufen wollte, warum mußte es ausgerechnet bei ihr sein?

»Manche Frauen schon«, erwiderte sie abweisend.

»Sie auch?«

Unter seinem prüfenden Blick brachte Elisabeth es nicht fertig, zu lügen. »Manchmal«, gab sie zu. »Wenn ich in der Stimmung dazu bin.«

»Und wie oft sind Sie in der Stimmung?«

»Das kommt ganz darauf an.«

Thad drehte sich um und begann, die Dessous durchzusehen. »Das hier gefällt mir.« Er zog ein Teil heraus und hielt es hoch. »Wie nennt man das?«

»Teddy.«

Sein Mund verzog sich zu einem breiten Lächeln. »Kein Wunder. Es ist auch wirklich zum Ankuscheln.«

Elisabeth unterdrückte den Impuls, ihm den Teddy aus der Hand zu reißen.

»Wollen Sie ihn oder nicht? Er kostet sechzig Dollar.« Als er leise pfiff, fügte sie abfällig hinzu: »Ist er das nicht wert?«

»O doch, das ist er zweifellos wert.«

»Soll ich ihn einpacken?«

»Nicht so schnell. Ich habe mich noch nicht entschieden. Preisen Sie ihn mir an.«

Er ließ den Teddy auf den Ladentisch fallen. Elisabeths Zorn wuchs. Entweder er wollte das verdammte Ding, oder er wollte es nicht. Aber sie wußte, daß sie es sich nicht leisten konnte, auf einen Sechzig-Dollar-Verkauf zu verzichten, speziell an einem ruhigen Tag wie diesem. Also nahm sie den Teddy auf und begann, seine Vorzüge aufzuzählen: »Er ist aus reiner Seide.«

Thad nahm den Stoff zwischen die Finger und rieb ihn. »Sehr hübsch. Er ist dünn, fast durchsichtig. Ist das ein Problem?«

»Bitte?«

»Sieht man etwas da durch?«

»Soll man das nicht?«

»Im Schlafzimmer schon. Aber nicht, wenn sie es unter ihren Kleidern trägt.«

»Ach so. Nun, nein, das dürfte kein Problem sein.«

»Okay. Was ist mit der Farbe? Wie nennt man diese Farbe?«

»Hautfarben.«

»Sehr schön. Und das hier?« Er zeigte auf die Reihe Perlenknöpfe auf der Vorderseite. »Kann man die aufmachen?« Mit geschickten Fingern öffnete er die zwei obersten Knöpfe.

Elisabeth ließ den Teddy auf den Ladentisch fallen.

»Haben Sie sich jetzt entschieden?«

»Wofür ist das da?«

Wie gebannt beobachtete sie, wie seine Finger langsam dem hochgeschnittenen Bein des Teddys bis zum Schritt mit dem Druckknopfverschluß folgten.

»Man kann es aufknöpfen«, stieß sie mühsam hervor.

»Wozu?«

»Was denken Sie?« murmelte sie heiser.

»Hm, praktisch. Und das hier ist für Strümpfe?« Er fuhr mit dem Zeigefinger über den Strumpfhalter.

»Ja. Sie sind abnehmbar.«

»Geben Sie ein paar Spitzenstrümpfe drauf, und ich nehme ihn.«

»Bezahlen Sie bar oder mit Kreditkarte?«

»Mit Kreditkarte.«

»In Ordnung.«

Er hatte sie so nervös gemacht, daß Elisabeths Hände zitterten, als sie die Karte entgegennahm.

Th. D. Randolph. Sie fragte sich, wofür das D stand. Dann verwünschte sie sich dafür. Was interessierte sie, wie sein voller Name lautete?

»Soll ich es als Geschenk einpacken?« fragte sie unfreundlich, als sie den sündigen Teddy zusammenfaltete.

»Das ist nicht nötig.«

Natürlich nicht, dachte sie. Wahrscheinlich würde er jetzt damit schnurstracks zu seiner Geliebten marschieren. Den Teddy auszupacken, würde nur unnötige Zeit kosten und die Dinge verzögern.

»Danke.«

Er nahm lächelnd die *Fantasy*-Tüte aus ihrer ausgestreckten Hand.

»Keine Ursache.«

»Wir sehen uns zu Hause.«

Nicht, wenn ich es vermeiden kann, dachte Elisabeth. Sie nickte knapp und wandte den Kopf ab, noch bevor Thad zur Tür hinaus war. Doch sie beobachtete verstohlen durch das Schaufenster, wie er das Hotel verließ.

Wenigstens traf er sich mit seiner Geliebten nicht in einem Zimmer des *Cavanaugh* Hotels. Eins dieser Motels an der Autobahn würde mehr sein Stil sein.

Sie drehte der Eingangshalle den Rücken zu und knallte die Quittung für den Teddy in den Geldkasten ihrer Kasse. Als die kleine goldene Glocke über ihrer Tür ertönte, dachte sie, er wäre wegen irgend etwas zurückgekommen. Mit abweisender Miene drehte sie sich um.

»Oh, hallo!« stieß sie überrascht hervor.

6

»Störe ich?« fragte Adam Cavanaugh.

»Nein, natürlich nicht, Mr. Cavanaugh. Ich war nur, oh ...« Ausgerechnet dieser Mann, auf den sie einen guten Eindruck machen wollte, ertappte sie nun schon zum zweitenmal beim Träumen. »Ich habe mir gerade ein paar Kataloge angesehen.«

»Sie schienen in Gedanken versunken.«

»Ja, das stimmt. Bitte nehmen Sie doch Platz.« Diesmal war er allein gekommen.

»Ich kann nur einen Moment bleiben.« Er bediente sich ungeniert aus der Konfektschachtel zum Probieren und leckte sich dann völlig unbefangen die Finger ab. »Ich habe gleich einen Termin. Ich wäre schon früher vorbeigekommen, aber ich hatte einfach keine Zeit.«

»Ich bin sicher, Sie haben furchtbar viel zu tun.«

»Ich wollte fragen, ob Sie Lust hätten, am Samstagabend mit mir essen zu gehen.«

»Mit Ihnen essen zu gehen?« wiederholte Elisabeth verblüfft. Adam Cavanaugh, internationaler Playboy und einer der begehrtesten Junggesellen der Welt, lud sie zum Essen ein?

Sie?

»Oder haben Sie Samstagabend schon etwas vor? Dann müßten wir es ...«

»Nein, ich habe noch nichts vor«, unterbrach sie ihn hastig. »Ich nehme die Einladung gerne an.«

»Großartig. Ich führe Geschäftsbesprechungen am liebsten bei einem gemütlichen Abendessen mit einer schönen Frau.« Er warf Elisabeth ein strahlendes Lächeln zu.

»Ich besorge mir Ihre Adresse aus den Akten und hole Sie um halb acht ab.«

»Wir könnten uns auch irgendwo treffen«, schlug sie vor, um ihm keine Umstände zu machen.

»Ich hole Sie lieber ab. Also, es bleibt dabei? Samstag abend um halb acht?«

»Einverstanden.«

»Ich freue mich, Elisabeth.«

Lange, nachdem Adam Cavanaugh weg war, konnte Elisabeth immer noch nicht glauben, daß er tatsächlich dagewesen war und sie zum Essen eingeladen hatte. Sie kniff sich ein paarmal, um sich zu vergewissern, daß sie nicht träumte. Er war so attraktiv, so charmant, so gut angezogen. Der Schwarm einer jeden Frau. Und er hatte sie, Witwe Burke, zum Essen eingeladen!

Was sollte sie anziehen?

Auf den ruhigen Montag folgte ein hektischer Dienstag, da ein regionaler Tierärzteverband ein zweitägiges Seminar abhielt. Als die Seminarteilnehmer das Hotel am Mittwochmorgen verließen, mußte Elisabeth ihre Boutique erst einmal wieder aufräumen.

Draußen regnete es, und auch drinnen herrschte eine gedrückte Atmosphäre. Elisabeth zündete Duftkerzen an, damit *Fantasy* potentiellen Kunden wärmer und freundlicher erschien.

Es war ein idealer Tag, um sich mit einem guten Buch vor ein knisterndes Kaminfeuer zu kuscheln.

Oder sich ins Bett zu legen. Elisabeth wurde schläfrig und begann zu träumen ...

Als das Telefon klingelte, zuckte sie erschrocken zusammen. Ihre Hand zitterte, als sie nach dem Hörer griff.

»Hallo?«

»Hallo, ich bin's. Was ist los?« Es war Lilah.

»Nichts.«

»Du klingst so merkwürdig.«

»Ich ... ich war beschäftigt.«

»Mit neuen Phantasien, hoffe ich. Lizzie, sie sind großartig!«

Nachdem drei Tage vergangen waren und Lilah immer noch nicht angerufen hatte, hatte Elisabeth angenommen, daß ihre Geschichten zu laienhaft waren, um veröffentlicht zu werden, oder daß sie Lilah einfach nicht gefallen hatten. Wie auch immer, sie war sowohl erleichtert als auch gekränkt gewesen, daß ihre Karriere als Schriftstellerin von so kurzer Dauer gewesen war.

»Du brauchst keine Rücksicht auf meine Gefühle zu nehmen«, erklärte sie ihrer Schwester jetzt.

»Mein Gott, Lizzie, ich hatte ja keine Ahnung, daß du eine so erotische Phantasie hast. Ich habe die beiden Geschichten ein dutzendmal gelesen und war jedesmal von neuem begeistert.«

»Aber du bist meine Schwester, und du liebst mich. Es ist klar, daß du ...«

»Richtig. Ich wollte, daß sie gut sind, deshalb zweifelte ich an meinem Urteil, obwohl ich im Grunde wußte, daß ich recht hatte. Um sicherzugehen, habe ich sie vier andere Leute lesen lassen.«

»Was hast du?«

»Entspann dich. Ich habe nicht gesagt, wer sie geschrieben hat. Es würde mir sowieso niemand glauben, daß es die brave, unscheinbare Elisabeth war.«

»Vielen Dank«, erwiderte Elisabeth trocken.

»Jedenfalls, sowohl die Frauen als auch die Männer, die sie gelesen haben ...«

»Du hast sie *Männern* gegeben?«

»Frauen sind nicht die einzigen, die solche Geschichten lesen«, argumentierte Lilah. »Ich dachte, es wäre interessant, zu sehen, ob sie auch Männern gefallen, und das haben sie. Sie sind schon auf dem Weg nach New York. Die Manuskripte, nicht die Männer«, fügte sie lachend hinzu.

»Du hast sie schon abgeschickt?«

»Ja, damit du keine Gelegenheit mehr hast, es dir anders zu überlegen. Ich habe sie selbst abgeschrieben. Meine Hände waren so feucht vor Aufregung, daß ich mich zigmal vertippt habe. Wann bekomme ich mehr zu lesen?«

»Mehr? Wer hat gesagt, daß es mehr geben würde?«

»Ich. Talente wie du sind nicht schon mit zwei Phantasien erschöpft.«

»Ich bin nicht sicher, ob man Talent dazu braucht, und ich weiß nicht, wann oder ob ich Zeit haben werde, noch mehr zu schreiben.« Schüchtern fügte sie hinzu: »Ich habe am Samstag abend eine Verabredung.«

»Nein!« rief Lilah. »Mit wem? Der Typ mit dem Hühnerstall?«

»Es war kein Hühnerstall. Es war für den Wurf seiner Setter-Hündin. Und der Typ heißt Thad Randolph. Aber mit ihm bin ich nicht verabredet.« Sie hatte Lilah nichts vom vergangenen Samstagabend und dem Schulfest erzählt, weil ihre Schwester nur wieder falsche Schlüsse gezogen hätte. »Adam Cavanaugh hat mich zum Essen eingeladen.«

»Wirklich? Nun, teure Schwester, das dürfte Stoff für eine neue Geschichte geben. Merke dir jedes einzelne Detail.«

»Lilah, er hat mich doch nur zum Abendessen eingeladen.«

»Was, wenn du es richtig anfängst, bis zum Frühstück dauern kann. Stell dich nicht so an«, fügte sie hinzu, als Elisabeth sie entrüstet unterbrechen wollte. »Es wird Zeit, daß du anfängst, deine Phantasien auszuleben. Amüsiere dich, nur verliebe dich nicht in Cavanaugh.«

Lilah legte den Telefonhörer auf, nachdem sie Elisabeth das Versprechen abgenommen hatte, darüber nachzudenken, weitere Phantasien zu schreiben.

Elisabeth stellte überrascht fest, daß es schon fünf Minuten nach Ladenschluß war, und schloß hastig ab.

Mrs. Alder würde unruhig werden, wenn sie zu spät nach Hause kam.

Es regnete in Strömen, und die Heimfahrt gestaltete sich zum Alptraum. Elisabeth war froh, als sie endlich in ihre Einfahrt einbog. Bevor sie aus dem Wagen steigen konnte, kamen Megan und Matt aus dem Haus gestürmt.

»Mom, es ist etwas Schreckliches mit Thad passiert«, erklärte Megan theatralisch.

Elisabeth schob ihre Kinder zur Seite, stieg aus und schloß die Wagentür. »Was meinst du, es ist etwas Schreckliches mit Thad passiert? Auf Wiedersehen, Mrs. Alder«, rief sie der älteren Frau nach, die sich auf den Nachhauseweg machte. »Nun, was ist los mit ihm?«

»Wir glauben, er ist tot oder so was.«

Matt machte ein so düsteres Gesicht, daß Elisabeth Mühe hatte, sich das Lachen zu verbeißen. »Wie kommt ihr denn darauf?«

»Sein Auto ist da, aber er macht die Tür nicht auf, wenn wir klopfen.«

»Vielleicht ist er mit seinem Motorrad unterwegs.«

»Es steht in der Garage.«

»Nun, vielleicht will er einfach keine Gesellschaft.« Oder er hat Gesellschaft, dachte Elisabeth. Sie hatte ihn nicht mehr gesehen, seit er am Montag das Geschenk für seine Geliebte bei ihr gekauft hatte.

Megan schüttelte den Kopf.

»Auf dem Kühlschrank steht noch das Frühstücksgeschirr, dabei mag er keine Unordnung. Das hat er mir mal erzählt.«

»Wahrscheinlich hatte er heute einfach keine Lust zum Aufräumen.«

»Oder vielleicht ist er tot. Vielleicht hat jemand ihn überfallen und erstochen. Und dann sind wir schuld, weil wir nicht nachgesehen haben.«

Wie kam Matt bloß auf solche makabren Ideen? Eigentlich kein Wunder, dachte sie. Bei der phantasievollen Mutter!

»Komm schon, Mom. Du mußt unbedingt nachsehen.«

Die Kinder hatten sie bei den Händen genommen und zogen sie durch den Garten. »Ich bin sicher, es gibt eine logische Erklärung.« Sie wollte zuerst nicht mitkommen, doch die Kinder machten sich ernstliche Sorgen. Wenn sie ihnen nicht den Gefallen tat und nachsah, würden sie keine Ruhe geben. »Also schön«, meinte sie resignierend.

Elisabeth bereute ihren Entschluß schon wieder, als sie vor Thads Hintertür stand. Sie zögerte, doch ein Blick auf Megan und Matt veranlaßte sie, fest anzuklopfen. Sie wartete einen Augenblick, und als es auf der anderen Seite still blieb, klopfte sie wieder.

»Siehst du, Mom, er macht nicht auf.«

»Er ist tot.«

»Natürlich ist er nicht tot. Ich bin sicher, es ist alles in Ordnung.« Sie legte die Hände an die Augen und spähte durch das Türglas. Durch die Verbindungstür konnte sie den Küchentisch sehen. Wie die Kinder gesagt hatten, stand Geschirr von offenbar mehreren Mahlzeiten darauf.

»Geh hinein und sieh nach. Die Tür ist offen.«

»Megan, ich kann nicht einfach in ein fremdes Haus gehen!«

»Warum nicht?«

»Weil es sich nicht gehört, darum.« Wie sollte sie ihren Kindern erklären, daß Mr. Randolph vielleicht nicht gestört werden wollte, weil er gerade mit einer Freundin im Bett lag oder einen Rausch ausschlief?

»Was ist, wenn Thad krank ist und du ihm nicht hilfst?«

»Ja, er könnte sterben, und dann ist es deine Schuld. Deine Schuld, Mom.«

»Also schön.« Mit einem Seufzer stieß Elisabeth die Tür auf. Sie war unverschlossen, genau wie Megan gesagt hatte. Elisabeth trat einen Schritt vorwärts. Beide Kinder folgten ihr dicht auf den Fersen. »Nein, ihr zwei bleibt hier.«

»Wir wollen mitkommen.«

»Nein. Ihr bleibt hier. Ich werde nachsehen, ob alles in Ordnung ist, und dann sofort zurückkommen.«

Elisabeth sperrte vorsichtshalber die Tür hinter sich ab und ging auf Zehenspitzen weiter. Bevor sie die Küche betrat, rief sie Thads Namen. Ihre Stimme klang unnatürlich laut und hallte durch das leere Haus. Auch im Wohnzimmer war niemand.

»Mr. Randolph? Thad?« Sie lauschte. Als sie immer noch keine Antwort bekam, drehte sie sich erleichtert um und wollte in die Küche zurückkehren.

Doch schon nach wenigen Schritten hörte sie das leise Stöhnen. Sie blieb stehen und horchte. Ja, da war es wieder. Lauter, diesmal.

Vorsichtig ging sie den Flur hinunter. Vor der Tür zu dem Zimmer, aus dem das Stöhnen zu kommen schien, blieb Elisabeth stehen. Sie öffnete sie einen Spalt und spähte hinein.

Es handelte sich unverkennbar um Thads Schlafzimmer. Er lag auf dem Doppelbett, das an der gegenüberliegenden Wand stand. Ein Blick genügte, um Elisabeth zu zeigen, daß er krank war.

Sie trat langsam näher. »Thad?«

Er war nackt bis auf das zerwühlte Laken, das nur notdürftig die untere Hälfte seines Körpers bedeckte. Mühsam öffnete er die Augen. »Was machen Sie hier?« krächzte er. Dann fuhr er sich mit der Zunge über die trockenen Lippen.

»Ich ... die Kinder ... Sind Sie krank?« stotterte Elisabeth.

Er legte den Unterarm über seine Augen. »Es wird schon wieder.«

Typisch Mann, dachte Elisabeth zornig. »Sind Sie krank oder nicht?«

»Ja, ich bin krank«, murmelte er. »Grippe, schätze ich. Sie gehen lieber wieder, bevor Sie sich und die Kinder anstecken.«

»Haben Sie Fieber?«

»Weiß ich nicht.«

Elisabeth legte die Hand auf seine Stirn. Sie war feucht und heiß. »Haben Sie ein Thermometer?«

»Im Schrank im Badezimmer.«

Sie ging in das angrenzende Bad und fand das Thermometer in dem Schrank über dem Waschbecken, außerdem eine Plastikflasche mit Aspirin. Mit den Sachen kehrte sie in Thads Schlafzimmer zurück.

Sie schüttelte das Thermometer herunter.

Dann beugte sie sich vor, wartete, bis er den Mund aufmachte, und legte ihm das Thermometer unter die Zunge.

»Haben Sie hiervon schon welche genommen?« Sie hielt ihm die Aspirinflasche hin, und er schüttelte den Kopf. »Ich bin sofort zurück. Behalten Sie das Thermometer unter der Zunge.«

Megan und Matt hüpften ungeduldig auf und ab, als Elisabeth die Hintertür öffnete. »Ihr hattet recht«, begann sie, bevor die beiden sie mit Fragen bombardieren konnten. »Thad ist krank.«

»Dürfen wir reinkommen und ihn besuchen?«

»Nein.«

»In der Sonntagsschule sagen sie aber immer, daß man kranke Freunde besuchen soll.«

»Aber nicht, wenn dein Freund ansteckend ist. Du könntest die Grippe bekommen.«

»Du auch. Wieso kannst du Thad besuchen und wir nicht?«

»Weil ich eine Mutter bin und Mütter sich nicht so

leicht anstecken wie Kinder.« Sie hoffte, daß die beiden das akzeptieren würden. Sie taten es nicht.

»Aber, Mom ...«, begannen sie einstimmig.

»Kein Aber.« Elisabeths strenge Miene brachte sie zum Schweigen. »Ich werde jetzt Thads Küche aufräumen und Suppe für ihn warm machen. Wie wäre es, wenn ihr euch inzwischen um Penny und ihre Kleinen kümmert? Seht nach, ob sie frisches Wasser haben.«

Nachdem sie die beiden losgeworden war, füllte sie ein Glas mit kaltem Wasser und kehrte ins Schlafzimmer zurück.

Thad nahm gerade das Thermometer aus dem Mund, als sie hereinkam. Er reichte es ihr. »Was zeigt das verdammte Ding an? Ich kann es nicht lesen.«

»Neununddreißigfünf.« Elisabeth schüttelte das Thermometer herunter, bevor sie es wieder in die Hülle steckte. »Nehmen Sie zwei Aspirin.« Er nahm gehorsam zwei Tabletten und spülte sie mit Wasser hinunter, das sie mitgebracht hatte. »Denken Sie daran, um zehn noch zwei zu nehmen?«

»Ich werde es versuchen.«

Sobald Thad die Aspirin geschluckt hatte, sank sein Kopf matt auf das Kissen zurück. Elisabeth bemerkte, daß der Bezug zerknautscht und schweißnaß war.

»Soll ich Ihr Bett frisch beziehen?«

Er blickte an seinem Körper hinunter und dann wieder auf Elisabeth.

»Nein.«

Sie widersprach nicht. Eigentlich war sie erleichtert. Nicht, daß es ihr etwas ausgemacht hätte, die Laken zu wechseln. Aber bei dem Gedanken, Thad nackt, wie er war, aus dem Bett helfen zu müssen, wurden ihre Knie weich. »Dann lassen Sie mich wenigstens das Kissen auswechseln.«

Er nickte schwach. Er hob den Kopf lange genug, daß sie das Kissen gegen das austauschen konnte, das sie auf der anderen Seite des Betts fand.

»Haben Sie noch mehr Decken?«

»Ja. Im Wäscheschrank im Flur, aber mir ist viel zu warm.«

»Es ist wichtig, daß Sie gut zugedeckt bleiben.«

Elisabeth ging hinaus auf den Flur. Auf den Regalen im Wäscheschrank lagen ordentlich gefaltet Laken und Handtücher. Sie nahm eine Decke mit und breitete sie über Thad aus.

»Versuchen Sie, ein bißchen zu schlafen. Ich mache Ihnen inzwischen eine Suppe warm. Sie haben doch sicher eine Dosensuppe im Haus?«

Er nickte. »Sie haben schon genug getan, Elisabeth. Ich muß mich nur richtig ausschlafen. Morgen gehe ich wieder zur Arbeit.«

»Wenn Sie das tun, liegen Sie übermorgen im Krankenhaus.« Sie drohte ihm mit dem Finger. »Bleiben Sie liegen. Ich bin bald zurück.«

Während die Hühnersuppe auf dem Herd stand, spülte Elisabeth das schmutzige Geschirr ab und räumte es in den Geschirrspüler. Als sie fertig war, war die Suppe heiß.

Sie gab etwas in eine Suppentasse und stellte sie zusammen mit einem Glas Orangensaft, einem Löffel und einer Serviette auf ein Tablett.

Dann kehrte sie in Thads Schlafzimmer zurück, stellte das Tablett auf den Nachttisch und schaltete die Lampe ein. Das weiche Licht fiel auf sein Gesicht. Er hatte die Augen geschlossen und schien zu schlafen.

Seine Brust hob und senkte sich schwach mit jedem Atemzug. Das Aspirin schien zu wirken.

Elisabeth sprach ihn leise an. »Möchten Sie etwas essen?« fragte sie, als er die Augen aufschlug.

»Ein bißchen.« Sie hielt ihm das Glas mit kaltem Orangensaft hin, und er leerte es in einem Zug.

»Sie hätten mehr trinken sollen«, schalt sie sanft, als sie ihm die Serviette reichte. Er schien nicht zu wissen, was er damit anfangen sollte, also hielt er sie einfach in der Hand.

»Mir war einfach nicht danach zumute, für irgend etwas aufzustehen.«

»Matt und Megan kümmern sich um Penny und die Jungen.«

»Danke. Ich wußte, daß die Jungen nicht verhungern würden, aber ich habe mir Sorgen um Penny gemacht. Ich liege schon seit gestern früh im Bett.«

Also hatte er seine Verabredung am Montag nachmittag wahrscheinlich eingehalten, überlegte Elisabeth. Sie wollte ihn fragen, wie seiner Freundin der Teddy gefallen hatte, doch dann besann sie sich anders.

»Können Sie allein essen?«

»Ich glaube schon. Wenn Sie das Tablett halten.«

Elisabeth setzte sich vorsichtig auf die Bettkante und nahm das Tablett auf den Schoß. Thad stützte sich auf einen Ellbogen und beugte sich vor. Er ergriff ungeschickt den Löffel, tauchte ihn in die Suppe und führte ihn zum Mund.

»Schmeckt gut. Danke, Elisabeth.«

»Keine Ursache.«

Er aß das meiste von der Suppe auf, bevor er den Löffel hinlegte. »Das ist alles, was ich im Augenblick brauche.«

»In Ordnung.« Elisabeth hob das Tablett von ihrem Schoß und stellte es auf den Nachttisch zurück.

Bevor sie die Arme herunternehmen konnte, fühlte sie, wie sich Thads Hände um ihre Taille legten und sie herumzogen. »Sie fühlen sich so kühl an«, murmelte er.

Elisabeth blickte in stummem Entsetzen auf ihn hinunter, als er den Kopf auf ihren Oberschenkel legte und das Gesicht im Stoff ihres Rocks vergrub.

Sie erstarrte für einen Augenblick. Dann legte sie instinktiv die Hand auf seine gerötete Wange. Er seufzte und bedeckte sie mit seiner. Mit der anderen Hand strich sie das feuchte Haar aus seinem Gesicht.

Nach einer Weile hob er den Kopf und schaute sie an. »Habe ich geträumt, oder habe ich Sie wirklich geküßt?«

»Wann?«

»Vor ein paar Minuten. Als Sie vorhin hereinkamen.« Er streichelte ihre Wange und spielte mit den Haarsträhnen, die sich aus ihrem Knoten gelöst hatten.

»Sie müssen geträumt haben.«

»Ich habe nicht Ihre Brüste berührt?«

Elisabeth schüttelte atemlos den Kopf.

»In meinem Traum habe ich sie gestreichelt.« Sein Blick wanderte von der Kameenbrosche an ihrem Kragen zu den Knöpfen an ihrer Bluse hinunter. »Und Sie haben mich auch gestreichelt.«

Elisabeth räusperte sich. »Ich sollte jetzt besser gehen. Meine Kinder werden sich fragen …«

Thad legte sich in das Kissen zurück, während sie das Tablett aufnahm und eilig hinausging.

In der Küche räumte sie das Tablett ab und stellte

einen Krug mit Eiswasser und ein sauberes Glas darauf.

Als sie das Tablett auf den Nachttisch stellte, bemühte sie sich, Thad nicht anzusehen.

»Vergessen Sie nicht, die Aspirin zu nehmen. Und trinken Sie viel Wasser. Wenn Sie mich brauchen, sagen Sie Bescheid. Also, ich gehe dann.«

Sie wollte sich abwenden, doch er hielt ihre Hand fest.

»Elisabeth, ich bin froh, daß Sie vorbeigekommen sind. Danke für alles.« Er strich mit dem Daumen über die Innenseite ihres Handgelenks. »Trotzdem wünsche ich ein bißchen, Sie hätten mich nicht geweckt. Ich hätte gern gewußt, wie dieser Traum endete.«

7

»Mrs. Burke?« Elisabeth blickte blinzelnd unter der Trockenhaube hervor. Sie hatte wieder einmal mit offenen Augen geträumt.

»Habe ich Sie erschreckt? Das tut mir leid.« Die Maniküre lächelte entschuldigend. »Ich bin jetzt soweit.« Elisabeth nahm ihre Handtasche und folgte der jungen Frau zu ihrem Tisch. Der Besuch des Friseursalons war Lilahs Idee gewesen.

»Das ist dein erstes offizielles Rendezvous seit Jahren«, hatte sie gesagt. »Gönn dir etwas.«

»Du vergißt einen entscheidenden Punkt«, hatte Elisabeth eingewandt. »*Fantasy* hat samstags nachmittags auf. Ich werde keine Zeit mehr haben, zum Friseur zu gehen, nachdem ich zugemacht habe.«

Lilah hatte einen Augenblick überlegt. »Ich habe eine Idee«, hatte sie dann strahlend gemeint. »Ich werde für dich in die Boutique gehen.«

Elisabeth war zuerst nicht gerade begeistert gewesen von dem Vorschlag. Doch nachdem Lilah versprach, sich mustergültig zu benehmen, hatte sie schließlich nachgegeben. Und wenn sie ehrlich war, hatte sie es genossen, sich wieder einmal verwöhnen zu lassen.

Jedesmal, wenn sie an den bevorstehenden Abend dachte, bekam sie ein flaues Gefühl im Magen. Sie hatte Adam Cavanaugh nicht mehr gesehen, seit er in ihrer Boutique gewesen war und sie eingeladen hatte.

Als Elisabeth den Salon verließ, kam sie sich völlig

verändert vor. Es lag nicht zuletzt an der neuen, lockigen Frisur, zu der der Friseur sie überredet hatte. Megan und Matt starrten sie mit offenem Mund an, als sie nach Hause kam.

»Hey, Mom, du siehst aus wie eine von den Solid-Gold-Tänzerinnen.«

»O Gott«, murmelte sie und stöhnte.

Bevor Mrs. Alder ging, informierte sie Elisabeth, daß die Frau von der Reinigung angerufen habe. Es gäbe da ein kleines Problem mit ihrem Kleid. »Was für ein Problem?« wollte Elisabeth wissen.

»Das hat sie nicht gesagt, aber es ist sicherlich nichts Weltbewegendes. Viel Spaß.«

Es *war* etwas Weltbewegendes. Es war eine Katastrophe. Ein neuer Angestellter der Reinigung hatte ihr einziges gutes Kleid ans andere Ende der Stadt zu einer anderen Mrs. Burke geschickt. Man hatte den ganzen Nachmittag versucht, die Frau telefonisch zu erreichen, aber vergeblich. »Ich fürchte, daß Sie Ihr Kleid nicht vor Montag bekommen.«

Als Elisabeth auflegte, war sie so niedergeschlagen, daß sie beschloß, Adam Cavanaugh anzurufen und die Verabredung unter irgendeinem Vorwand abzusagen. Sie wollte gerade die Nummer des Cavanaugh Hotels anrufen, als das Telefon klingelte.

»Hallo, ich bin's«, ertönte Lilahs fröhliche Stimme aus dem Hörer. »Ich habe heute nachmittag sage und schreibe dreihundertzweiundsiebzig Dollar eingenommen, aber ich bin auch fix und fertig. Ich dachte, ich rufe dich eben an, bevor ich mit einem Glas Wein zusammenbreche.«

»O Lilah.« Elisabeth sank auf den nächsten Stuhl und berichtete ihrer Schwester von dem Mißgeschick mit der Reinigung. »Ich habe sonst nichts Passendes anzuziehen.«

»Nun, wenn du mich fragst, ist das das Beste, was dir passieren konnte. In dem Kleid siehst du aus wie deine eigene Großmutter. Ich bringe dir etwas von mir rüber.«

»Aus deinem Schrank?«

»Was hat du gegen meine Sachen?« fragte Lilah gekränkt.

»Deine Sachen sehen phantastisch an dir aus. Aber wir beide haben völlig verschiedene Geschmäcker.«

»Ich werde meine häßlichsten Kleider mitbringen.«

»Vielen Dank.«

»Mach dir keine Sorgen. Ich habe alles im Griff. Bis gleich.« Elisabeth erlaubte Megan und Matt, Plätzchen zu backen, und ging nach oben, um ein Bad zu nehmen.

Während sie in dem warmen Wasser saß, schrieb sie die Geschichte von dem Piraten und seiner schönen Gefangenen auf, die sie am Nachmittag unter der Trockenhaube geträumt hatte. Sie würde Lilah sicher gefallen, auch wenn sie nie veröffentlicht wurde.

Als sie die Badezimmertür öffnete, drang ihr der Geruch von verbrannten Plätzchen entgegen. Die Seiten mit ihrer Geschichte in der Hand rannte sie die Treppe hinunter, um zu retten, was zu retten war. Megan und Matt hockten fasziniert vor dem Fernseher und hatten völlig vergessen, nach den Plätzchen zu sehen. Elisabeth und die Kinder fächelten gerade den Rauch aus der Küche, als Lilah eintraf.

»Deine Haare sehen phantastisch aus!« rief sie, als sie mit diversen Kleidern im Arm die Küche betrat. »Du siehst aus wie eine Solid-Gold-Tänzerin.«

Die Kinder brachen in schallendes Gelächter aus, während Elisabeth die Augen verdrehte. »Habe ich etwas Falsches gesagt?«

»Nein, nein. Schon gut.« Elisabeth ergriff ihre Hand und zog sie mit nach oben. »Laß sehen, was für ausgefallenes Zeug du mitgebracht hast.«

Sie entschied sich schließlich für ein zweiteiliges, pinkfarbenes Seidenkostüm mit einem langen Plisseerock. Die Jacke hatte Schulterpolster und einen Schalkragen.

Elisabeth betrachtete sich von allen Seiten im Drehspiegel. »Es paßt zu den grauen Schuhen, die ich anziehen wollte. Außerdem habe ich keine große Wahl. Adam wird in einer Viertelstunde hiersein«, fügte sie mit einem Blick auf die Uhr auf ihrer Kommode hinzu. »Dabei fällt mir ein, wo ist der Babysitter? Sie wollte um sieben hiersein.«

»Ich werde mal nachsehen«, bot Lilah sich an. »Vielleicht haben die Kinder sie schon hereingelassen.«

Elisabeth zog sich fertig an. Nach einem letzten raschen Blick in den Spiegel schaltete sie das Licht im Schlafzimmer aus und ging nach unten. Sie konnte Lilah und die Kinder in der Küche reden hören. In diesem Augenblick klingelte es. Das wird Adam Cavanaugh sein, dachte sie und ging zur Haustür.

»Was machen Sie denn hier?« entfuhr es ihr überrascht, als sie die Tür öffnete.

Auf der Schwelle stand Thad. Er hielt einen Strauß Rosen in der Hand und lächelte Elisabeth an. »Ich wollte mich dafür bedanken, daß Sie mich so gut versorgt haben.«

»Ach so, das. Nun, das ist nett von Ihnen.«

»Darf ich hereinkommen?«

»Natürlich.« Bevor sie die Haustür hinter ihm schloß, blickte Elisabeth besorgt die Straße hinauf und hinunter, aber es war kein Auto in Sicht. »Meine Kinder werden sich freuen, Sie zu sehen.«

»Ich bin nicht hier, um Ihre Kinder zu sehen, Elisabeth.«

Er musterte sie anerkennend, und sie spürte, wie sie unter seinem Blick rot wurde.

»Die Rosen sind wunderschön«, meinte sie unsicher. »Sind sie für mich?«

Er hielt ihr den Strauß hin. »Ich wußte nicht, ob Sie Rosen mögen.«

»Ich liebe sie.«

»Diese Farbe war so weich und feminin, daß sie mich an Sie erinnerte.«

Elisabeth roch verlegen an den duftenden Knospen. Sie waren weiß, mit pinkfarbenen Rändern.

»Vielen Dank, Thad.« Als sie aufsah, bemerkte sie seinen verwirrten Blick.

»Warum haben Sie sich so fein gemacht? Gehen Sie aus?«

»Nun ja, ich ...«

»Thad!«

»Thad!«

Megan und Matt stürmten durch die Pendeltür, die das Eßzimmer mit der Küche verband.

Lilah folgte ihnen. Ihre Augen wurden rund vor Überraschung und Belustigung, als sie ihre Schwester mit Thad sprechen sah.

Elisabeth machte die beiden miteinander bekannt.

»Es freut mich, Sie kennenzulernen«, flötete Lilah. »Sie haben Rosen mitgebracht! Wie aufmerksam.« Sie blickte ihre Schwester fragend an.

»Ich, hm, Thad war krank. Er ist nur kurz vorbeigekommen, um sich dafür zu bedanken, daß ich, hm ...«

»Daß du nach ihm gesehen hast.«

»Ja, und sie wollte nicht, daß wir zu ihm gingen, weil wir Grippe hätten kriegen können.«

»Aber sie ist eine Mom und kann keine Grippe kriegen, deshalb ist sie zu ihm gegangen ...«

»Ganz allein und ...«

»Er war im Bett ...«

»Und sie hat was für ihn gemacht ...«

»Und er ist wieder gesund geworden.«

Die Erklärung der Kinder war zwar durchaus korrekt, ließ aber eine Menge Spielraum für Lilahs Phantasie. Sie warf ihrer Schwester einen Blick zu, der zu sagen schien: »Stille Wasser sind tief.«

Elisabeth wäre am liebsten im Erdboden versunken.

Statt dessen steuerte sie auf die Küche los. »Entschuldigt mich. Ich muß die Rosen ins Wasser stellen.«

»O Lizzie, du hast ein Problem.«

»Noch eins?«

»Ein großes. Dein Babysitter kommt nicht.«

»Was?«

»Ihr kleiner Bruder kam vorhin mit dem Fahrrad vorbei, um Bescheid zu sagen, daß sie Grippe hat.«

»Scheint im Augenblick in der Luft zu liegen«, bemerkte Thad. Er war immer noch amüsiert über die Geschichte der Kinder.

Elisabeth wünschte, er würde nach Hause gehen. Zum Teufel mit ihm! Warum mußte er ausgerechnet heute Abend mit einem Strauß Rosen vorbeikommen? Wo Lilah da war. Wo Adam jeden Augenblick kommen mußte. Sie nagte verzweifelt an ihrer Unterlippe.

»Ich rufe Mrs. Alder an.«

Sie wollte sich abwenden, doch wieder wurde sie von Lilah aufgehalten. »Ich habe sie schon angerufen. Sie kann nicht kommen.«

»Täusche ich mich, oder riecht es hier verbrannt?« fragte Thad plötzlich.

»Die Plätzchen!« riefen Lilah, Megan und Matt wie aus einem Mund und rannten in die Küche. Thad und Elisabeth folgten ihnen. Beißender Qualm drang aus der Ofentür.

»Nicht schon wieder!« jammerte Elisabeth.

»Lilah, wie konntest du das passieren lassen?«

»Du weißt doch, daß ich nicht kochen kann.«

»Warum hast du dann Plätzchen gebacken?«

»Um die Kinder zu beschäftigen, damit du dich in Ruhe für dein Rendezvous anziehen konntest.«

Thad hatte inzwischen die verbrannten Plätzchen aus dem Ofen geholt. »Rendezvous?«

Durch den Qualm suchte sein fragender Blick Elisabeth. Sie schob trotzig das Kinn vor. Sie war ihm keine Erklärung schuldig, auch wenn er sie noch so vorwurfsvoll ansah. Doch es spielte ohnehin keine Rolle, denn es würde kein Rendezvous geben.

»Es ist zu spät, um zu versuchen, einen anderen Babysitter zu finden«, meinte sie verdrießlich. »Dann kann ich wohl nicht gehen. Es sei denn ...« Sie blickte Lilah erwartungsvoll an.

»Tut mir leid, Lizzie, aber ich kann nicht.«

»Bitte, Lilah. Ich möchte dich wirklich nur ungern gleich zweimal an einem Tag in Anspruch nehmen, aber du weißt, wie wichtig dieser Abend für mich ist.«

»Es ist nicht, daß ich nicht will. Ich kann wirklich nicht. Eine meiner ehemaligen Patientinnen feiert eine Geburtstagsparty. Ich habe versprochen, zu kommen. Es würde ihr das Herz brechen, wenn ich absagen würde.«

Elisabeth ließ die Schultern sinken. »Das kann ich verstehen. Nun, ich schätze, dann ...«

»Ich werde bei den Kindern bleiben.« Alle Köpfe fuhren zu Thad herum. Lilah musterte ihn mit einem anerkennenden Blick, während Elisabeth überrascht den Mund öffnete. Die Kinder stürzten zu ihm und warfen ihn in ihrem Überschwang fast um.

»Das wäre toll, Thad.«

»Können wir Baby baden? Mom mag nicht, wenn wir es tun, weil wir immer das ganze Badezimmer naß machen.«

»Spielst du was mit uns?«

»Dürfen wir lange aufbleiben?«

»Kannst du Pizza machen?«

Thad beantwortete alle ihre Fragen, ohne aber den Blick von Elisabeth zu nehmen.

»Kommt, Kinder«, mischte sich Lilah ein. Sie merkte, daß ihre Schwester und Thad Randolph einen Augenblick allein brauchten.

»Ich muß zu meiner Geburtstagsparty. Helft mir, die Sachen von oben herunterzuholen.«

»Bleibst du bei uns, Thad?« fragte Megan hoffnungsvoll.

»Ja, ich bleibe.«

Matt und sie jauchzten begeistert, bevor sie ihrer Tante hinaus folgten.

Thad und Elisabeth schauten sich einen Moment schweigend an. »Macht es Ihnen auch wirklich nichts aus?« fragte Elisabeth schließlich. Sein Blick sagte ihr, daß es ihm eine Menge ausmachte. Nicht, bei den Kindern zu bleiben, sondern der Gedanke, daß sie mit einem anderen Mann ausging. Seine Stimme war jedoch sehr beherrscht, als er antwortete: »Ich schulde Ihnen einen Gefallen, nicht wahr?«

»Ich bin Ihnen wirklich sehr dankbar.« Er nickte und deutete mit dem Kopf auf die Treppe.

»Gehen Sie ruhig und kämmen Sie Ihr Haar, damit Sie fertig sind, wenn er kommt.«

»Mein Haar ist gekämmt.«

Seine Kinnlade klappte herunter. »Es soll so aussehen?«

»Ja. Ich komme frisch vom Friseur.«

In diesem Augenblick klingelte es an der Tür.

»Das wird er sein.« Elisabeth fuhr herum und ging zur Haustür.

»Hallo, Adam. Kommen Sie herein.«

»Tut mir leid, daß ich zu spät komme. Ich habe das Haus beim erstenmal nicht gefunden und mußte um den ganzen Block fahren, bevor ...«

Er brach ab, als er Thad entdeckte, der in der Bogentür des Eßzimmers lehnte, die Arme lässig vor der Brust verschränkt.

Vor einer Viertelstunde hatte er zum erstenmal überhaupt ihr Haus betreten, und jetzt tat er so, als ob er hier zu Hause sei. Elisabeth räusperte sich nervös, während sich die beiden Männer abschätzend musterten.

»Adam, das ist mein Nachbar, Thad Randolph.«

Adam trat vor. Thad stieß sich träge von der Wand ab. Sie reichten sich zögernd die Hand.

»Thad paßt heute abend auf die Kinder auf. Mein Babysitter hat in letzter Minute abgesagt, deshalb ...«

Elisabeth brach ab und hob die Schultern.

»Ach so, ich verstehe. Danke, Randolph.«

Das Lächeln, das einen Eisberg zum Schmelzen bringen konnte, verfehlte bei Thad seine Wirkung.

»Keine Ursache«, erwiderte er eisig.

Adam hielt Elisabeth einen Strauß Rosen hin. »Die sind für Sie.«

Sie nahm den Strauß entgegen. »Vielen Dank. Sie ... sie sind wunderschön.«

In diesem Augenblick kamen die Kinder die Treppe hinuntergestürmt. Als sie Adam Cavanaugh sahen, blieben sie einen Augenblick stehen. Dann traten sie artig näher.

»Hallo, Mr. Cavanaugh!« sagte Megan höflich.

»Hallo, Mr. Cavanaugh!« sagte auch Matt.

Elisabeth stieß einen erleichterten Seufzer aus. Die beiden benahmen sich endlich einmal mustergültig.

»Die Blumen sehen genauso aus wie die, die Mom von Thad bekommen hat. Sie müssen sie im gleichen Geschäft gekauft haben.«

»Ich hätte ihn umbringen können.«

Jetzt konnte Elisabeth über das lachen, was Matt vor ein paar Stunden gesagt hatte. Doch als es passiert war, war es nicht sehr komisch gewesen. Sie hatte gehofft, der Erdboden würde sich auftun und sie verschlingen.

Adam lächelte sie über den Tisch hinweg an. »Ich habe bemerkt, wie peinlich es Ihnen war, aber ich fand die Situation irgendwie lustig.«

Er drehte seinen Kognakschwenker. »Im Gegensatz zu Mr. Randolph. Er hat keine Miene verzogen.«

»Oh, machen Sie sich nichts daraus. Er macht manchmal einen etwas mürrischen Eindruck. Aber im Grunde ist er sehr nett. Er kümmert sich reizend um meine Kinder.«

»Nur um Ihre Kinder?«

Elisabeth senkte hastig den Blick. »Thad und ich sind gute Freunde, nichts weiter.«

Adam war Gentleman genug, um das Thema fallenzulassen, bevor es zu persönlich wurde. Er winkte dem Kellner, ihre Kaffeetassen nachzufüllen.

Es ist ein rundherum gelungener Abend gewesen, dachte Elisabeth, und sie fragte sich, wie er enden würde. Sie sollte es bald erfahren. Während sie zum Auto gingen, legte Adam die Hand auf ihren Oberarm.

»Müssen Sie sofort nach Hause?«

Elisabeth fühlte sich so entspannt wie lange nicht mehr.

»Nein, Adam«, antwortete sie, ohne lange zu überlegen. »Ich muß nicht sofort nach Hause. Warum?«

»Kennen Sie das Penthouse, in dem ich wohne, wenn ich in der Stadt bin?«

Sie schluckte. »Nein.«

»Möchten Sie es sich ansehen?«

8

»Nochmals vielen Dank, Adam. Es war ein wundervoller Abend.«

»Das Vergnügen war ganz meinerseits. Gute Nacht, Elisabeth. Auf bald.«

Er streifte mit den Lippen ihre Stirn. Mit einem letzten Lächeln schlüpfte Elisabeth ins Haus. Das Wohnzimmer war dunkel. Sie tastete sich zur nächsten Lampe vor, doch bevor sie sie gefunden hatte, erklang Thads Stimme aus der Dunkelheit.

»Haben Sie sich gut amüsiert?«

»Mein Gott, haben Sie mich erschreckt!« Sie schaltete die Lampe ein. Thad hatte es sich auf der Couch bequem gemacht. Er hatte seine Stiefel und das Sportsakko ausgezogen, und sein Hemd war bis zum Gürtel aufgeknöpft.

»Haben Sie sich gut amüsiert?« fragte er noch einmal.

Was ging es ihn an, ob sie sich amüsiert hatte, dachte sie ärgerlich. »Natürlich. Großartig sogar.« Sie stieß einen sehnsüchtigen Seufzer aus. Dann blickte sie Thad an. »Was sitzen Sie eigentlich hier im Dunkeln?«

»Warum nicht?«

»Ich dachte, Sie würden fernsehen.«

»Ich hatte keine Lust, fernzusehen.«

In diesem Moment hätte Elisabeth ihn verwünschen können. Was fiel ihm ein, sich so auf ihrer

Couch herumzuflegeln? Und dazu noch mit einem Cocktailglas auf dem Bauch.

Er hob spöttisch das Glas. »Möchten Sie auch einen Schlummertrunk?«

»Nein.«

»Ich hoffe, Sie haben nichts dagegen, daß ich mich bedient habe.«

Elisabeth warf ihre Handtasche auf den Fußschemel vor dem Sessel. »Nein, warum sollte ich? Haben sich die Kinder gut benommen?«

»Sicher. Sie auch bei Cavanaugh?«

»Ihr Ton gefällt mir nicht, Thad«, erwiderte sie scharf.

Er richtete sich auf und knallte das Glas auf den Couchtisch. Sein Hemd fiel auseinander und enthüllte seine behaarte, muskulöse Brust. »Das ist wirklich schade, Elisabeth. Denn einen anderen Ton werden Sie heute abend nicht von mir hören.«

»Irrtum. Ich werde gar nichts mehr von Ihnen hören.« Sie hob ihr Kinn. »Ich bin Ihnen sehr dankbar für den Gefallen, den Sie mir getan haben. Aber ich glaube, es ist besser, wenn Sie jetzt gehen.«

Elisabeth drehte sich um und wollte zur Haustür gehen.

Doch kaum hatte sie Thad den Rücken gekehrt, als er von der Couch sprang. Er hielt sie am Oberarm fest und drehte sie zu sich herum.

»Wissen Sie, wie spät es ist?«

Im ersten Augenblick war Elisabeth sprachlos über soviel Unverschämtheit. »Ungefähr halb zwei, glaube ich«, erwiderte sie dann zuckersüß. »Warum? Ist Ihre Uhr kaputt?«

Sie sah, wie seine Kiefer mahlten. »Wieso kommen

Sie so spät nach Hause? Was haben Sie so lange mit Cavanaugh gemacht?«

»Wir haben gegessen.«

»Sechs Stunden?«

»Seien Sie leise. Sie wecken ja die Kinder auf.«

Er senkte die Stimme. »Ich habe noch nie sechs Stunden lang gegessen«, zischte er.

»Nach dem Essen waren wir tanzen.« In Wirklichkeit hatte sie nur ein einziges Mal auf der winzigen Tanzfläche des Restaurants getanzt. Doch Thad sollte ruhig glauben, daß Adam und sie einen Zug durch die Nachtklubs der Stadt gemacht hatten.

»Tanzen?« wiederholte er höhnisch.

»Ja, tanzen. Adam tanzt genauso gern wie ich.«

»Und was habt ihr danach gemacht? Wohin seid ihr dann gegangen?« Elisabeth senkte absichtlich den Blick und setzte eine verlegene Miene auf. »Auf sein Zimmer, nicht wahr?«

»Zimmer? Ha! So würde ich das Penthouse im obersten Stock des Cavanaugh Hotels nicht gerade nennen.«

In Thads Ausdruck spiegelte sich maßloser Zorn wider, vermischt mit glühender Eifersucht. Seine Augen verengten sich. »Sie haben mit ihm geschlafen.«

Elisabeth befreite sich aus seinem Griff. »Sie sind mein Nachbar, Thad, und bis vor ein paar Minuten dachte ich, Sie wären mein Freund. Aber sicher sind Sie nicht mein Beichtvater.« Sie holte tief Luft. »Und jetzt verlassen Sie bitte mein Haus.«

Sie wartete nicht einmal, bis er weg war. Sie schnappte sich ihre Handtasche, drehte sich um und marschierte die Treppe hinauf. Nachdem sie sich vergewissert hatte, daß die Kinder fest schliefen, ging sie in ihr Schlafzimmer.

Sie zog sich aus und streifte ein dünnes Nachthemd über. Als sie zufällig einen Blick in den Spiegel warf, sah sie, daß ihre Wangen glühten. Sie war bei Thads Vorwurf nicht rot geworden, weil er so nahe an der Wahrheit war, sondern weil er so weit entfernt davon war.

Sie war Adam Cavanaugh in sein Penthouse gefolgt, weil sie ein einziges Mal ihre Hemmungen vergessen wollte. Sie wollte so sein wie alle anderen, wie die Frauen in ihren Phantasien, die sich immer so bereitwillig von einem Mann verführen ließen.

Doch am Ende war sie die Dumme gewesen.

Sicher, Adam hatte es kaum erwarten können, endlich allein mit ihr in seinem Penthouse zu sein … um ihr von dem neuen Hotel zu erzählen, das er in Chicago baute. Mit einem verheißungsvollen Funkeln in den Augen, hatte er sie in sein Schlafzimmer geführt … um ihr ein maßstabgetreues Modell des neuen Hotels zu zeigen. Seine Stimme hatte gebebt vor Ungeduld … dieses Modell Wirklichkeit werden zu sehen. Er war sichtlich erregt gewesen … was dieses neue Hotel für seine Kette bedeuten konnte.

Elisabeth mußte lächeln über ihre Naivität. Sie legte die Haarbürste hin und wandte sich vom Spiegel ab, als es leise an ihrer Tür klopfte. »Komm rein, Darling.«

Es war Thad Randolph, der ihr Schlafzimmer betrat und die Tür hinter sich schloß. Elisabeth starrte ihn entgeistert an.

»Wen haben Sie erwartet? Cavanaugh?«

Sie erholte sich rasch von ihrem Schock. »Eigentlich hatte ich gedacht, es wäre eins von meinen Kindern«, entgegnete sie scharf. »Ich habe nicht erwartet, daß Sie so unverschämt sein würden, mitten in der

Nacht durch mein Haus zu schleichen, besonders nachdem ich Sie aufgefordert hatte, zu gehen.«

»Ich habe noch nicht alles gesagt, was ich sagen wollte.«

»Aber ich habe alles gehört, was ich hören wollte.«

»Zum Beispiel, wie unverantwortlich Sie sind? Ich hätte mehr von einer Frau wie Ihnen erwartet.«

»Was heißt das, mehr? Und was meinen Sie damit, ›eine Frau wie ich‹? Was unterscheidet mich von anderen Frauen?«

»Diskretion. Anstand. Und Intelligenz. Sie wissen doch, daß Adam Cavanaugh ein Playboy ist, oder? Was geben Sie sich mit solch einem aalglatten Typ ab?«

»Er ist kein aalglatter Typ. Er ist in jeder Beziehung ein Gentleman.«

Thad trat weiter in das Zimmer vor. Elisabeth hatte den Eindruck, daß er nur wegen der Kinder leise sprach, deren Zimmer am anderen Ende des Flurs lagen. Sie nahm den Geruch von Alkohol in seinem Atem wahr. Offenbar hatte er unten seinen Zorn mit einem weiteren Drink geschürt.

»Wenn er sich wie ein Gentleman benommen hat, dann nur, weil er wußte, daß er Sie anders nicht in sein Bett kriegt. Das einzige, was ihn von den Geiern unterscheidet, die in den Straßen herumfahren und Mädchen aufgabeln, ist der Preis seines Anzugs. Oder ist es das, was Sie so anziehend an ihm finden? Sein Geld?«

»Natürlich nicht! Ich mag ihn. Er ist interessant und ...« Elisabeth brach ab und stemmte die Hände in die Hüften. »Was gibt Ihnen eigentlich das Recht, mich ins Kreuzverhör zu nehmen, Mr. Randolph?« Sie legte den Kopf auf die Seite und schaute ihn herausfordernd an. »Oder sind Sie vielleicht um meine Tugend besorgt?«

Ein leiser Fluch war die Antwort, und bevor Elisabeth wußte, was geschah, war er bei ihr. Er packte sie bei den Schultern und schüttelte sie leicht.

»Verdammt, Elisabeth, du weißt ja gar nicht … ach, zum Teufel.«

Er vergrub seine Finger in ihren Haaren, hielt ihren Kopf fest und preßte den Mund auf ihren. »Küß mich, verdammt noch mal«, murmelte er, als sie nicht reagierte.

Sie legte die Hände auf seine Brust und versuchte, ihn von sich zu schieben. »Bitte, Thad, hören Sie auf.«

Statt einer Antwort hob er sie hoch, trug sie zum Bett hinüber und ließ sie unsanft auf die Matratze fallen. Elisabeth war so überrascht, daß sie sich nicht bewegen konnte. Sie lag da und starrte ihn ungläubig an, als er wütend sein Hemd abstreifte und nach seiner Gürtelschnalle griff.

»Was machen Sie da?«

»Das dürfte offensichtlich sein.« Er schnallte den Gürtel los und öffnete den Reißverschluß seiner Hose, zog sie aber nicht aus. Elisabeth wich zum Kopfende des Betts zurück. Mit einem triumphierenden Blick ergriff Thad ihr Handgelenk und riß sie so abrupt auf die Füße, daß ihre Zähne aufeinanderschlugen.

Eine Hand in ihrem Nacken, die andere auf ihrem Rücken, zog er Elisabeth an sich. Sein Mund suchte ihren, und als sie seinen Kuß wieder nicht erwiderte, nahm er ihre Kiefer zwischen seine Finger und drückte sie auseinander.

Elisabeth stöhnte. Zuerst vor Empörung, dann in

hilfloser Kapitulation, als sich seine Zunge hart in ihren Mund bohrte.

Thad bemerkte die veränderte Situation sofort. Sein Kuß wurde plötzlich sinnlich, zärtlich.

»Elisabeth«, murmelte er heiser. »Mein Gott, Elisabeth.«

Sein Mund wanderte ihren Hals hinunter, während seine Finger die Knöpfe ihres Nachthemds suchten. Als es ihm nicht sofort gelang, sie zu öffnen, zerriß er das Nachthemd mit einer ungeduldigen Bewegung. Es fiel zu Boden und landete um Elisabeths Knöchel. Seine geöffneten Lippen folgten der Wölbung ihrer Brüste. Dann nahm er eine Brust in die Hand und streichelte ihre Spitze, bis sie hart wurde vor Erregung.

Ein wollüstiger Schauer überlief Elisabeth. Sie hielt sich an Thad fest, als er sie auf das Bett legte. Dann trat er zurück und zog seine Hose und den Slip aus. Als er sich neben ihr ausstreckte, war er nackt. Und warm. Und unglaublich erregend in seiner Männlichkeit.

Er hob ihre Hand an seine Lippen und küßte die Handfläche. Dann führte er sie tiefer an sein hartes Glied.

»Das hier gibt mir das Recht, zu fragen. Ich muß es wissen. Hast du heute abend mit Cavanaugh geschlafen, Elisabeth?«

»Nein. Natürlich nicht.«

Er blickte tief in ihre Augen und sah, daß sie die Wahrheit sagte. Als er das Begehren in ihnen sah, suchte sein Mund noch einmal hungrig ihren. Dann drückte er ihre Schenkel mit seinem Knie auseinander und drang in sie ein.

Ein leiser, lustvoller Seufzer entfuhr Elisabeth, als Thad anfing, sich in ihr zu bewegen. Sie vergrub die

Hände in seinem Haar, und ihre Hüften bogen sich ihm entgegen. Dann versank die Welt um sie herum in einem Wirbel von Gefühlen. Gemeinsam erreichten sie den Höhepunkt, und Elisabeth biß sich auf die Unterlippe, um einen Lustschrei zurückzuhalten.

Sie wußten nicht, wie lange sie erschöpft dalagen; es hätten Sekunden, Minuten oder auch eine Ewigkeit sein können. Thad war der erste, der sich rührte. Er stützte sich auf einen Ellbogen und schaute auf Elisabeth hinunter.

»Du bist wunderschön«, flüsterte er.

»Findest du?«

»Hm.«

Er fuhr mit dem Zeigefinger über ihr Kinn und ihren Hals hinunter bis zu ihren Brüsten. Mit aufreizend langsamen Bewegungen strich er über die Brustwarzen, bis sie sich aufstellten. Dann nahm er eine in den Mund und saugte daran, bis Elisabeth einen wimmernden Laut ausstieß.

»Gefällt dir das?« fragte er, während seine Zunge die rosa Spitze liebkoste.

»Ja.«

»Mir auch. Sehr sogar.«

Er nahm die andere Brustwarze in den Mund und zog mit den Lippen daran.

»Ich habe hiervon geträumt, als du mich neulich geweckt hast. Daß ich deine Brüste küssen und streicheln würde.«

»Das sagtest du.«

»Ich habe in letzter Zeit oft von dir geträumt. Aber du fühlst dich noch viel besser an und schmeckst viel besser als in meinen Träumen.«

»Du bist ein guter Liebhaber, nicht wahr, Thad?«

Er hob den Kopf und blickte sie an. Zuerst dachte er, sie würde Spaß machen, doch dann sah er, daß es ihr ernst war.

»Bisher hat sich keine Frau beklagt, mit der ich geschlafen habe.«

»Und wie viele waren das?« Elisabeth bereute die Worte, sobald sie heraus waren. Sie drehte den Kopf in das Kissen.

»Es tut mir leid. Vergiß es. Ich habe kein Recht, das zu fragen.«

Nach einem langen Augenblick meinte Thad leise: »Ich habe den Teddy für dich gekauft.« Als sie ihn überrascht ansah, fuhr er fort: »Du hast richtig gehört. Für dich. Es gibt keine andere Frau.«

Er legte die Hand unter ihre Brüste und streichelte mit dem Daumen ihre weiche Haut. »Als ich von Vietnam zurückkam, ließ mich meine Verlobte wegen eines anderen sitzen. Sie ging schon länger mit ihm, war aber so nett, es mir nicht zu schreiben. Danach vermied ich es, engere Beziehungen einzugehen. Ich nahm mir von den Frauen, was ich haben wollte, und trennte mich von ihnen, bevor sich tiefere Gefühle entwickeln konnten. Ich bin kein Heiliger. Das habe ich nie behauptet. Ja, ich habe viele Frauen gehabt. Aber es war nie etwas Festes, weil es mir, offen gestanden, gefiel, ungebunden zu sein. Und«, fügte er achselzuckend hinzu, »vielleicht hatte ich auch Angst davor, mich wieder zu verlieben und enttäuscht zu werden. Wie auch immer, ich mochte mein Leben so, wie es war.

Dann zog ich hierher. Deine Kinder waren so verdammt nett, daß ich plötzlich Zweifel bekam, ob mein Lebensstil wirklich so befriedigend war. Es kam sogar vor, daß ich mich auf einmal danach sehnte, selbst Kinder zu haben.«

Er holte tief Luft. »Und dann warst da natürlich du. Ich ertappte mich dabei, wie ich durch die Bäume spähte, wenn ich deinen Wagen in die Einfahrt fahren hörte. Wenn du im Garten warst, erfand ich irgendwelche Gründe, um auch nach draußen zu gehen. Aber du beachtetest mich nicht, also hielt ich mich zurück. Wenn ich mich dann einsam fühlte, sagte ich mir, daß ich doch verdammt gut dran war, daß ich ungebunden war. Ich danke dem Schicksal, daß es dieses Kätzchen in den Baum verschlagen hat. Es gab mir einen Grund, dich anzusprechen.«

Er fuhr mit dem Finger ihre Wange hinunter.

»Als ich dich dann ansah, war es aus mit mir. Und jedesmal, wenn ich dich von da ab sah, wünschte ich mir nichts sehnlicher, als mit dir zu schlafen.«

Seine Stimme wurde verführerisch leise. »Als ich dich an jenem Abend am Wasserhahn überraschte, hätte ich dich fast an der Hauswand genommen.«

»Warum hast du es nicht getan?«

Er blickte sie überrascht an. »Du hättest es zugelassen?«

»Ich weiß es wirklich nicht. Warum hast du es nicht wenigstens versucht?«

Sein Ausdruck war verwirrt, als ob er mit sich kämpfte, ob er es ihr sagen sollte oder nicht.

»Weil ich damals dachte, daß ich dich nur körperlich begehrte«, gestand er schließlich. »Und das hattest du nicht verdient.«

»Warum bist du am nächsten Tag in die Boutique gekommen?«

»Ich konnte nicht anders. Ich mußte dich einfach bei Tageslicht sehen, mich davon überzeugen, daß du wirklich da warst. Du warst es.« Er beugte sich vor und küßte sie auf den Mund. »Du warst es immer.«

Nach einem weiteren langen Kuß fuhr er fort: »Und da stand ich nun in deiner Boutique und wußte verdammt genau, daß ich dich wollte, aber nicht, was du für mich empfandst. Ich beschloß, die Probe aufs Exempel zu machen und zu versuchen, dich eifersüchtig zu machen.«

»Das war ganz schön gemein von dir.«

Thad lächelte mutwillig. »Aber es funktionierte, nicht wahr?« Sie preßte die Lippen zusammen und gab keine Antwort. »Jetzt komm schon. Ich habe mich heute abend ziemlich dumm benommen, als du von deinem Rendezvous mit Cavanaugh zurückkamst. Kannst du nicht zugeben, daß du wenigstens ein kleines bißchen eifersüchtig warst?«

»Also gut, ein kleines bißchen. Ich fand es ziemlich dreist von dir, in meinen Laden zu kommen, um Reizwäsche für deine Geliebte zu kaufen.«

»Geliebte?« wiederholte er lachend. »Es steht dir frei, jederzeit herüberzukommen und den Teddy und die Strümpfe anzuziehen. Sie liegen immer noch in der Tüte, obwohl ich sie schon ein paarmal herausgenommen und damit gespielt habe.«

»Wie pervers.«

»Hm. Ich habe mir vorgestellt, wie du darin aussehen würdest. Und ob man etwas da hindurch sehen könnte. Deine Brustwarzen, vielleicht.«

Er küßte sie leidenschaftlich, während seine Hand ihren Bauch hinunterwanderte bis zu dem dunklen Dreieck am Ende. Elisabeth wurde rot vor Verlegenheit, als er den Kopf hob, und sein Blick der Spur seiner Finger folgte.

»So hübsch«, flüsterte er. »So weich und sexy.«

Und das war erst der Anfang.

»Ist das … hm, der Grund, warum du die Hängematte … hm … hier aufgehängt hast?«

»Kannst du dir eine bessere Verwendung für sie vorstellen?«

Elisabeth seufzte.

»Nein.«

Eine halbe Stunde zuvor hatte er gesagt: »Bring mich nach Hause.« Sie hatte die Idee verrückt gefunden, aber da sie nicht wollte, daß diese Nacht endete, hatte sie eingewilligt. Sie hatte ihr zerrissenes Nachthemd übergestreift, das er ihr zugeworfen hatte.

Thad hatte seine Hose angezogen … sonst nichts … und den Rest seiner Sachen so getragen. Sie waren auf Zehenspitzen aus dem Haus geschlichen, um die Kinder nicht aufzuwecken, und durch die Hintertür hinausgegangen.

Elisabeth war noch nie aufgefallen, wie laut die Angeln quietschten, bis sie die Tür öffneten.

Lachend und herrlich unbekümmert waren sie durch das kalte feuchte Gras zu Thads Haus gegangen. Zwischendurch waren sie immer wieder stehengeblieben, um sich zu küssen.

Dann hatte er vorgeschlagen, seine neue Hängematte auszuprobieren, und so lagen sie jetzt in der Hängematte.

Die Nacht war kühl, aber Elisabeth fror nicht, obwohl ihr langes Nachthemd bis zum Bauch hochgerutscht war. Sie fror nicht, weil Thad bei ihr war.

»Weißt du, ich bin verrückt nach dir, seit ich dich damals aus dem Baum gehoben habe«, murmelte er an ihrem Hals.

»Mir ist es genauso gegangen. Obwohl du dich wie ein vollendeter Gentleman benommen hast. Ganz anders als der wütende Mann, der mich heute abend fast vergewaltigt hätte.«

»Ich war wirklich wütend. Ich habe dir doch nicht weh getan, oder?« fragte er besorgt.

»Nein. Ich hatte keine Angst, daß du mir weh tun könntest. Aber ich wußte nicht, daß du so aggressiv sein kannst.«

»Nur wenn ich provoziert und leicht angetrunken bin.«

»Und warum warst du provoziert und leicht angetrunken?«

»Weil ich den Gedanken nicht ertragen konnte, daß du mit Cavanaugh zusammen warst. Du solltest mit keinem Mann zusammen sein außer mit mir.«

Seine Ehrlichkeit war entwaffnend. »Bist du immer so offen?«

»Ja.«

»Schön. Ich mag es, wenn jemand geradeheraus ist.«

Seine Augen wurden dunkel vor neu erwachender Leidenschaft.

»Wirklich?«

»Ja.«

»Wenn ich also etwas wollte«, murmelte er heiser, »wäre es dir lieber, ich würde es frei heraus sagen, als wie die Katze um den heißen Brei zu gehen?«

Ihr Herz klopfte schneller vor Erregung.

»Ja.«

»Zieh dein Nachthemd herunter«, flüsterte er.

Elisabeth zögerte nur einen Augenblick. Dann hob sie langsam die Hand und zog den Ausschnitt ihres Nachthemds herunter. Thad stöhnte leise, als er sah, wie ihre Hand die Brustwarze streifte und die Spitze hart wurde. Als ihre Brüste endlich ganz entblößt waren, wollte Elisabeth ihre Hand zurückziehen.

»Nein, laß sie da. Bitte. O Gott.«

Während er fasziniert auf ihre Hand und die müßigen Bewegungen ihrer Finger starrte, begann er wieder, sich in ihr zu bewegen. Sein Rhythmus wurde immer schneller, bis ihre Leidenschaft explodierte.

Es dauerte lange, bis sie die Kraft fanden, die Hängematte zu verlassen und zu seiner Veranda zu gehen. Thad hielt die Tür auf und beugte sich vor, um Elisabeth einen letzten Kuß zu geben.

»Ich wünschte, ich könnte bei dir schlafen«, murmelte er, als sie sich schließlich voneinander lösten.

»Ich auch.«

»Dann laß mich doch.«

»Ich möchte nicht, daß dich die Nachbarn bei Tagesanbruch aus meinem Haus schleichen sehen. Oder daß uns die Kinder im Bett überraschen.«

»Hm.«

»Bitte versteh mich, Thad.«

»Ich verstehe dich ja.« Er zog ihre Hand an seinen Mund und küßte sie. »Aber ich lade mich für morgen zum Frühstück ein. Wann soll ich da sein?«

9

Elisabeth und Thad saßen mit Unschuldsmienen am Tisch, als Matt und Megan am nächsten Morgen verschlafen in die Küche kamen.

Trotzdem war das erste, was Matt fragte: »Hat Thad hier geschlafen?« Zum Erstaunen der Kinder brachen Thad und ihre Mutter in Lachen aus.

»Nein, ich habe nicht hier geschlafen«, antwortete Thad. »Es sieht nur so aus. Eure Mom hat mich zum Frühstück eingeladen.«

»Komisch, ich dachte, du hättest dich selbst eingeladen«, murmelte Elisabeth ihm zu. Als sie aufstand, um den Orangensaft für die Kinder zu holen, klopfte er sie auf den Po, was Matt und Megan sehr lustig fanden.

»Hat Thad dir von Babys Bad erzählt?« fragte Megan. Elisabeth schüttelte den Kopf. »Er hat uns erlaubt, sie zu baden. Katzen mögen Wasser nicht, wußtest du das, Mom? Aber wir haben sie trotzdem gebadet. Sie war richtig sauber und weich, aber wir haben furchtbar viel Schweinerei gemacht.«

»Aber Thad hat uns geholfen, alles wieder ordentlich zu machen. Hat er dir das nicht erzählt, Mom?«

»Nein, das hat er wohl vergessen.« Elisabeth sah Thad von der Seite an.

»Soweit ich mich erinnere, hatten wir über bessere Dinge zu reden.« Er schaute sie vielsagend an, und Elisabeth wurde es warm unter seinem Blick.

»Und dann durften wir telefonieren und eine Pizza bestellen bei so einem Mann, der sie vorbeibringt, mit einem Auto.«

»Ja, wir haben Thad erzählt, daß du immer sagst, solche Pizzas sind Mist.«

»Aber er hat gesagt, du wärst ja nicht hier, also hätte er zu sagen, und er mag solche Pizzas.«

»Dürfen wir den Pizzamann noch mal anrufen, Mom? Es war kein Mist, ehrlich nicht.«

Elisabeth stemmte die Hände in die Hüften und baute sich vor Thad auf. »Na, phantastisch. Du hast es fertiggebracht, innerhalb von ein paar Stunden Jahre meiner Ernährungserziehung kaputtzumachen.«

Er machte ein zerknirschtes Gesicht. »Was gibt's zum Frühstück?«

»Quark und Dickmilch.«

Die Kinder kreischten vor Lachen. Damit sie sich beruhigten, ließ Thad sie den Tisch decken, während Elisabeth das Frühstück machte.

»Hey, jeder räumt seinen Platz auf«, rief Thad den Kindern nach, als sie nach dem Frühstück ins Wohnzimmer liefen, um fernzusehen. Sie gehorchten widerspruchslos, und Elisabeth beobachtete sprachlos, wie sie an den Tisch zurückkehrten und ihr schmutziges Geschirr zur Spüle trugen.

»Wie hast du das gemacht?« wollte sie wissen.

»Bestechung.« Thad zog zwei Päckchen Kaugummi aus seiner Hemdtasche. »Ohne Zucker«, beruhigte er Elisabeth, bevor er jedem Kind ein Päckchen gab. Sie bedankten sich artig, was ihre Mutter wiederum in Erstaunen versetzte.

»Und was bekommt die Köchin?«

»Die Köchin bekommt einen Kuß.«

Megan und Matt blieben auf ihrem Weg zur Tür abrupt stehen. Sie drehten sich um und sahen, wie er ihre Mutter in die Arme nahm und auf den Mund küßte.

»Thad küßt Mom!« rief Megan.

»Oh, toll!« Sobald sich Thad und Elisabeth voneinander lösten, umkreisten die Kinder sie wie Indianer einen Güterzug. Sie jauchzten und brüllten und fuchtelten wie wild mit den Armen. Erleichtert, daß die beiden Kinder so begeistert waren von dem Lauf der Dinge, begannen Thad und Elisabeth, über ihr Gekasper zu lachen.

Wie üblich geriet Matt dabei wieder einmal außer Rand und Band. Je lauter Thad und seine Mutter lachten, desto wilder wurde er, bis er am Ende in den Geschirrschrank flog. Das Porzellan klirrte. Eine Holzschale mit Obst fiel um. Äpfel und Orangen rollten in alle Richtungen. Eine Tomate zerplatzte auf den Fliesen. Mehrere Blätter Notizblockpapier flatterten wie Hühnerfedern herum, bis sie nacheinander zu Boden schwebten.

Matt erstarrte und blickte ängstlich zu seiner Mutter auf. »Das wollte ich nicht.«

»Du bist aber auch ein Tolpatsch«, meinte Megan altklug.

Matt kniete sich hin, sammelte die verstreuten Blätter auf und brachte sie Elisabeth. »Hier, Mom. Deine Blätter sind nicht schmutzig geworden. Wir haben auch gestern abend mit der Pizza aufgepaßt. Thad hat sie vom Tisch genommen und sie auf den Schrank gelegt, damit nichts an sie drankam. Er sagte, sie wären vielleicht wichtig.«

Elisabeth nahm die handgeschriebenen Seiten, die

ihr Sohn ihr reichte. Dann machte sich Matt daran, das Obst aufzulesen.

»Laß es ruhig liegen, Matt.« Elisabeths Stimme war angespannt. »Ich räume das später auf. Du und Megan, ihr geht bitte nach oben und macht eure Betten.«

Die Kinder spürten die veränderte Situation im Raum, und sie spürten auch, daß es nichts mit Matts Ungeschicklichkeit zu tun hatte. Schweigend verließen sie die Küche und gingen nach oben.

Elisabeth strich die Blätter Papier sorgfältig glatt und sortierte sie in der richtigen Reihenfolge, bevor sich ihr Blick auf die geschriebenen Worte heftete. Sie wußte natürlich, was es war. Sie hatte sie geschrieben, als sie in der Wanne gelegen hatte. Jeder Satz war ihr vertraut.

Da war ihr Pirat, groß und gefährlich. Da war seine Gefangene, die zitternd vor ihm stand, nur mit einem dünnen Nachthemd bekleidet. Elisabeth blätterte die Seiten durch. Ja, da war der Teil, wo er ihr Nachthemd zerriß und ihre Brüste küßte. Und dort, im nächsten Abschnitt, kapitulierte die Gefangene, überwältigt von seinem männlichen Charme, und gab sich ihm hin.

Elisabeth warf die Blätter auf den Küchentisch und wandte sich hastig ab. Sie verschränkte die Arme vor der Brust und rieb sich fröstelnd die Unterarme, obwohl es warm war in der Küche.

»Du hast es gelesen, oder?«

»Hör zu, Elisabeth, ich …«

Sie fuhr herum. *»Oder?«*

Thad seufzte. »Ja.«

Tränen stiegen ihr in die Augen. Sie preßte die Hand auf ihre zitternden Lippen und wandte sich wieder ab. Sie konnte es nicht ertragen, Thad anzusehen, so schockiert war sie über sein hinterhältiges Verhalten.

»Ich wußte zuerst nicht, was es war«, fuhr er mit beschwörender Stimme fort. »Ich dachte, du hättest einen unvollendeten Brief herumliegen lassen. Doch dann sprangen mir ein paar Worte einfach in die Augen.«

Elisabeth sah ihn verächtlich an.

»Sie sprangen dir einfach in die Augen? Fällt dir nichts Besseres ein?«

»Hast du noch nie in einer Buchhandlung in einem Buch geblättert, und plötzlich fällt dir ein bestimmtes Wort ins Auge, und du fängst an, ein paar Abschnitte zu lesen. Und wenn es eine sinnliche Stelle ist, liest du weiter. Du stehst da im Gang, und bevor du dich versiehst, hast du fünf oder sechs Seiten gelesen. Wenn dir das noch nie passiert ist, bist du nicht normal.«

»Wir reden hier nicht von mir. Wir reden von einem hinterhältigen Kerl, der mich auf gemeinste Weise benutzt hat. Wie konntest du?«

»Ich habe nichts getan, was du nicht wolltest.«

Sie ballte die Hände zu Fäusten und preßte die Augen zusammen.

»Ich wußte, daß daraus nichts Gutes werden konnte. Ich hätte nie auf Lilah hören sollen. Ich hätte mich nie von ihr dazu überreden lassen sollen.« Thad schaute sie verwirrt an.

»Lilah hat dich überredet, dir diese Geschichte auszudenken?«

»Sie aufzuschreiben. Sie schickt meine Phantasien an einen Verleger.«

»Warum schämst du dich dann dafür? Ich habe sie gelesen, und ich fand sie verdammt gut.«

Elisabeth öffnete die Augen und blickte ihn wütend an. »Ja, du hast sie gelesen, und du hast sie dir zunutze gemacht. Wieso habe ich eigentlich nicht begriffen, was los war, als du mein Nachthemd zerrissen hast? Es paßte so gar nicht zu dir. Du bist nicht so.«

»Woher willst du das wissen?« gab er zurück. »Wir hatten noch nie vorher miteinander geschlafen. Und ich war eifersüchtig und wütend und betrunken genug, um ein bißchen grob zu werden.« Er trat vor und murmelte: »Und es hat dir gefallen.«

Sie wich angewidert vor ihm zurück. »Letzte Nacht hast du zu mir gesagt, ich hätte es nicht verdient, nur ...« Sie brachte es nicht fertig, die Worte auszusprechen. »Ich muß ein gefundenes Fressen für dich gewesen sein. Nachdem du das da gelesen hattest«, fuhr sie fort und zeigte auf das Manuskript, »mußt du gedacht haben, daß ich mich nach einem Liebhaber aus Fleisch und Blut sehne. Ist das der Grund, warum aus dem freundlichen Nachbarn plötzlich der stürmische Verführer wurde?«

»Das ist doch alles Unsinn, Elisabeth. Jeder Mensch hat verschiedene Wesen. Dein Verlangen tritt in deinen Phantasien an die Oberfläche. Meine stürmische Seite hat sich gestern Nacht gezeigt. Ich habe überhaupt nicht mehr an die verdammte Geschichte gedacht, als ich in dein Schlafzimmer kam. Wirklich, ich habe nur ...«

»O bitte.« Elisabeth stöhnte. »Du hast es Wort für Wort nachgespielt!«

»Im Unterbewußtsein vielleicht. Ich war ein wütender, eifersüchtiger Mann, der auf die Frau reagierte, mit der er unbedingt schlafen wollte. Sicher, deine Geschichte zu lesen, hat mich erregt. Aber es hat mich auch verrückt gemacht. Ich sah Cavanaugh in der Rolle des Piraten. Ich stellte mir vor, wie du all das, was du so ausführlich beschriebst, mit ihm machtest.«

»Nun, ich habe es nicht getan. Weil er kein Lügner und Betrüger und ...« Sie brach entsetzt ab. »Ist das die einzige Geschichte, die du gelesen hast?« Er sah sie verwirrt an. »Nein, nicht wahr? Die anderen hast du auch gelesen, oder?«

Sie preßte die Hände auf ihre brennenden Wangen, als ihr plötzlich klar wurde. Wieso hatte Thad ausgerechnet dann angefangen, sich für sie zu interessieren, nachdem sie angefangen hatte, ihre Phantasien aufzuschreiben? Sie hatte ihre ersten Entwürfe einfach in den Abfall geworfen. »Was hast du gemacht? Jeden Morgen wie eine streunende Katze die Mülltonne durchwühlt auf der Suche nach neuem Material?«

Wie viele hatte er heimlich gelesen? »Es überrascht mich, daß du auf die Idee mit der Hängematte von allein gekommen bist. Darüber habe ich noch keine Geschichte geschrieben.«

Thad stemmte die Hände in die Seiten und schaute Elisabeth stirnrunzelnd an. »Ich habe nicht die leiseste Ahnung, wovon du sprichst. Was soll das Gerede von Mülltonnen und streunenden Katzen?«

»Dir ist doch alles zuzutrauen.« Sie holte tief Luft. »Und jetzt verlaß bitte mein Haus.«

Er schüttelte den Kopf. »Ich gehe nicht eher, bis diese Sache geklärt ist.«

»Es gibt nichts zu klären. Ich will dich nicht mehr

sehen, nie wieder. Ich bin nicht sicher, ob ich überhaupt noch den Gedanken ertragen kann, daß du in dem Haus hinter mir wohnst.«

»Einfach so?« Er schnippte mit den Fingern.

»Einfach so.«

»Nach dem, was letzte Nacht passiert ist?«

»Nichts, was letzte Nacht passiert ist, war real.«

»Oh, und ob es real war«, erwiderte er mit einem höhnischen Lachen. »Sieh dir nur deinen Körper an, dann weißt du es.«

Elisabeth errötete, als sie an die Flecke dachte, die sie beim Duschen auf ihren Brüsten und Schenkeln entdeckt hatte. Es war eine Erinnerung an Thads leidenschaftliche Liebkosungen. Jetzt empfand sie nur noch Scham, als sie an die vergangene Nacht dachte.

»Hör zu, Elisabeth«, fuhr er ein wenig ungeduldig fort. »Ich verstehe ja, daß du ärgerlich bist. Ich verstehe sogar, daß du falsche Schlüsse ziehst. Ich habe etwas gelesen, das ich nicht hätte lesen sollen. Es war persönlich und privat. Es war ein Eingriff in deine Privatsphäre, daß ich es gelesen habe. Aber« – er hielt inne, um seinen Worten Nachdruck zu verleihen – »das einzige, was es in mir bewirkt hat, war, daß ich dich noch faszinierender fand.«

Elisabeth zeigte mit dem Finger auf die Blätter auf dem Tisch. »Ich bin nicht diese entführte Frau, genausowenig wie du der Pirat bist. Sie ist ein Produkt meiner Phantasie. Sie ist niemand. Eine Fiktion.«

Thad schüttelte den Kopf. »Nein, das ist nicht wahr. Sie ist du. Sie ist das, was du insgeheim denkst, wie du zur Sexualität und zur Liebe eingestellt bist, was du im Bett willst, aber nie auszusprechen wagen würdest.

Wir alle haben eine verborgene Seite in uns, die die Welt nicht sieht. Aber es ist nichts, wofür man sich schämen müßte.«

Sie schüttelte heftig den Kopf. »Ich bin nicht so.«

»Nicht nach außen hin. Nach außen hin bist du durch und durch eine Dame. Begreifst du denn nicht, daß es genau das ist, was dich so attraktiv, so verdammt faszinierend macht?« Sein Ton wurde einschmeichelnd. »Elisabeth, was glaubst du, warum ich letzte Nacht mit dir schlafen wollte?«

»Aus dem gleichen Grund, aus dem du mit all deinen anderen Frauen geschlafen hast.«

Er runzelte ungeduldig die Stirn. Er legte die Hände auf Elisabeths Hüften, beugte sich über sie und zwang sie so, ihren Kopf in den Nacken zu beugen. »Du bist nicht wütend, weil ich gelesen habe, was du geschrieben hast. Du hast es geschrieben, damit es gelesen wird. Du bist ärgerlich, weil ich kein Fremder bin. Du bist nicht mehr anonym. Ich kenne jetzt dein Geheimnis. Ich weiß jetzt, daß unter deinem kühlen Äußeren eine Frau voller Leidenschaft steckt.«

Bevor Elisabeth wußte, was sie tat, hob sie die Hand und schlug ihm ins Gesicht.

Keiner von beiden konnte glauben, daß sie Thad geohrfeigt hatte. Seine Augen verengten sich gefährlich, als er langsam zurücktrat und sich aufrichtete.

Elisabeth war entsetzt über das, was sie getan hatte, aber es minderte nicht die verzehrende Wut, die sie auf ihn hatte. Sie würde ihm nie verzeihen, daß er sie auf so hinterhältige Weise dazu gebracht hatte, mit ihm zu schlafen.

Sie versuchte nicht, ihn zurückzuhalten, als er sich

abwandte und wütend zur Tür marschierte. Er öffnete sie so heftig, daß er sie fast aus den Angeln gerissen hätte. Was für einen Grund hast du überhaupt, so wütend zu sein?, hätte sie ihm am liebsten nachgeschrien. Du hast doch bekommen, was du wolltest!

Aber sie schwieg. Die Kehle war ihr wie zugeschnürt. Sie sank auf den nächsten Stuhl, legte den Kopf auf den Küchentisch und brach in Schluchzen aus.

In den darauffolgenden Tagen war Elisabeths Laune denkbar schlecht. Sie war Matt und Megan gegenüber so aufbrausend, daß sich die beiden von ihrer störrischsten Seite zeigten. Eines Nachmittags beobachtete sie, wie die beiden in Thads Hängematte mit den jungen Hunden spielten. Sie befahl ihnen, sofort nach Hause zu kommen, worauf die Kinder in lautes Protestgeschrei ausbrachen und wissen wollten, warum sie nach Hause kommen sollten. Elisabeth konnte ihnen keine plausible Antwort geben, und sie schmollten für den Rest des Abends. Als Megan ihr sagte, sie wünschte, sie könnten bei jemandem leben, der so lustig sei wie Thad, schickte sie ihre Tochter auf ihr Zimmer.

Lilah rief an, um zu hören, wie es mit Adam Cavanaugh gewesen sei. Elisabeth war ziemlich unfreundlich zu ihrer Schwester, da sie ihr die Schuld an allem gab.

»Mein Gott«, meinte Lilah schließlich, »du bist ja unausstehlich. Ich rufe noch mal an, wenn du wieder ansprechbar bist.«

Elisabeth hatte keine Lust, mit irgend jemandem zu reden, und zog sich von allen zurück.

Doch nach einer Weile mißfiel ihr auch ihre Einsamkeit. Und sie war regelrecht erfreut, Adam Cavanaugh zu sehen, der eines Vormittags ins *Fantasy* hereingeschneit kam.

Nachdem er sie zweimal angesprochen hatte, lachte er über ihre erschrockene Miene. »Ich scheine Sie immer beim Träumen zu überraschen. Wohin gehen Sie, wenn Sie den Rest von uns hinter sich zurücklassen?«

Elisabeth schluckte. Sie hatte Adam nicht mehr gesehen, seit er sie nach Hause gebracht und sich mit einem flüchtigen Kuß auf die Stirn von ihr verabschiedet hatte. Er nutzte die Frauen wenigstens nicht aus, wie es manche Männer taten. Und ausgerechnet Thad hatte ihm vorgeworfen, er wäre ein Playboy!

»Es ist eine dumme Angewohnheit von mir, mit offenen Augen zu träumen«, erklärte sie. »Ich habe es schon als Kind getan. Meine Schwester zieht mich immer damit auf.«

Adam runzelte die Stirn. »Apropos Schwester. Wie geht es Ihrer respektlosen Schwester?«

»Unverändert«, erwiderte Elisabeth lächelnd. Es war Zeit, daß sie sich wieder mit Lilah vertrug, überlegte sie. Schließlich konnte Lilah nichts dafür, daß sich Thad Randolph als ein solcher Schuft entpuppt hatte.

»Gehen wir essen?« fragte Adam dann unvermittelt.

»Essen? Oh, nein danke, Adam. Ich habe niemanden, der auf die Boutique aufpaßt, während ich weg bin. Ich esse gewöhnlich hier eine Kleinigkeit.«

»Schließen Sie die Boutique für eine Stunde. Bitte. Ich habe viel über unseren gemeinsamen Abend nachgedacht.« Seine Stimme nahm einen mysteriösen Klang an. »Es gibt da etwas sehr Wichtiges, das ich mit Ihnen besprechen möchte.«

Eine halbe Stunde später stocherte Elisabeth in einem Salat, den sie sich vom Mittagsbüfett im Hotelrestaurant geholt hatte. Adam und sie saßen an einem Ecktisch, von wo aus sie einen phantastischen Blick auf die Skyline der Stadt hatten.

»Nun?«

»Ich weiß nicht, Adam. Das Ganze kommt so plötzlich.« Sie sah ihn nachdenklich an. »Ich habe nie daran gedacht, eine zweite Boutique zu eröffnen. Diese eine erfordert schon soviel Zeit und Energie.«

»Das ist mir völlig klar«, antwortete er, nachdem er einen Schluck Wasser getrunken hatte. »Ich habe lange über Sie und Ihre Situation nachgedacht. Es ist sicher nicht ganz einfach, als Witwe mit zwei Kindern mehrere Boutiquen in verschiedenen Städten zu führen, aber ich bin zuversichtlich, daß Sie es schaffen können.«

Der Vorschlag, weitere *Fantasy*-Boutiquen aufzumachen, war völlig überraschend für Elisabeth gekommen, aber sie fühlte sich natürlich geschmeichelt. Und obwohl Elisabeth unzählige Vorbehalte hatte, stellte die Idee eine Herausforderung an ihren Ehrgeiz dar.

Adam beugte sich auf seinem Stuhl vor. »*Fantasy* hat den größten Umsatz von allen unseren Läden. Das beeindruckt mich. Sie beeindrucken mich. Ich kann nicht einen einzigen Fehler an Ihnen finden. Außer vielleicht, daß Sie ab und zu ein bißchen träumen«, fügte er neckend hinzu. »Sie haben da eine einmalige Marktlücke entdeckt. Sie kaufen intuitiv ein. Die

Leute bezahlen hohe Preise für ein Qualitätsprodukt. Und die Marketingzahlen zeigen, daß die Gäste, die in meinen Hotels wohnen, Wert auf Qualität legen, gleichgültig, was sie kostet.«

»Aber ich …«

Er hielt beide Hände hoch. »Ich werde ein Ladenlokal für Sie in der Eingangshalle des neuen Cavanaugh-Hotels in Chicago reservieren. Bald möchte ich Ihre *Fantasy*-Boutiquen auch in anderen Städten aufmachen.«

Er schilderte ihr seine weiteren Pläne, bis Elisabeth Kopfschmerzen bekam und ihn bat, aufzuhören und ihr Zeit zum Nachdenken zu geben.

»Ich überlege stets stundenlang, ob es Steaks oder Schweinekoteletts zum Abendessen gibt«, erklärte sie lachend. »Ich hoffe, Sie erwarten nicht heute noch eine Antwort.«

»Natürlich nicht. Morgen ist früh genug.«

Ihre entsetzte Miene entspannte sich, als sie sah, daß er scherzte. »Nein, ich erwarte nicht sofort eine Antwort. Die Zeit ist auf meiner Seite. Je länger Sie darüber nachdenken, desto mehr wird Ihnen die Idee gefallen«, meinte er zuversichtlich.

An der Tür des Ladens sagte er: »Ich schicke Ihnen ein Angebot. Lesen Sie es sich in Ruhe durch. Ich melde mich in ungefähr einer Woche wieder bei Ihnen, um Ihre Antwort zu hören. Und rufen Sie mich ruhig an, wenn Sie irgendwelche Fragen haben.« Er zog eine Visitenkarte aus seiner Jackentasche. »Die Nummer steht hier drauf.«

Elisabeth war atemlos und erschöpft, nachdem Adam gegangen war. Sie beneidete ihn um sein Selbstbewußtsein und um seine Zielstrebigkeit. Er schien genau zu wissen, was er wollte, und sie wünschte, sie wäre so entschlußfreudig wie er. Sollte sie wirklich weitere Boutiquen aufmachen, oder sollte sie lieber bei dieser einen bleiben?

Was wußte sie, eine Witwe mit zwei Kindern und einem gebrochenen Herzen, schon vom großen Geschäft?

Ein gebrochenes Herz?

Ja, gestand sie sich ein. Ihr Herz war gebrochen. Sie liebte Thad Randolph. Er dagegen begehrte sie nur körperlich, wie all die anderen Frauen, mit denen er geschlafen hatte.

Wie konnte sie darüber nachdenken, ihr Geschäft zu erweitern, wenn sie noch nicht einmal in der Lage war, sich über ihre Gefühle für ihn klarzuwerden? Konnte, durfte sie denn überhaupt noch etwas für ihn empfinden?

Sie nahm eine Tablette gegen ihre bohrenden Kopfschmerzen.

Elisabeths Stimmung hob sich etwas, als sie nach Hause kam und Lilahs Wagen in ihrer Einfahrt parken sah. Sie fand Lilah in der Küche, wo sie für Matt und Megan Eiscreme auf zwei Teller tat.

»Mrs. Alder ist schon weg, und Tante Lilah hat gesagt, wir dürften Eis haben«, berichtete Matt.

»Vor dem Essen?« fragte Elisabeth ärgerlich.

»Weißt du, ich habe mich immer gefragt, warum Mom auf einem solchen Unsinn bestanden hat«, mischte sich Lilah ein. »Was für einen Unterschied machte es, ob man seinen Nachtisch vor oder nach dem Essen ißt?«

»Du bist unverbesserlich.« Elisabeth ging zu ihrer

Schwester, die den Eislöffel ableckte, eine Unart, die sie den Kindern schon lange abzugewöhnen versuchte.

»Bedeutet dieses zaghafte Lächeln, daß du mir vergibst, was immer ich auch getan haben mag?«

Elisabeth umarmte sie. Sie hatte Lilah noch nie lange böse sein können.

»Richtig.«

»Gott sei Dank! Ich habe die Kinder nämlich schon für heute abend zum Essen eingeladen, und es wäre schrecklich, wenn du nicht mit mir gesprochen hättest. Übrigens, was habe ich eigentlich getan?«

»Du hast gar nichts getan. Wieso wolltest du uns zum Essen einladen?«

»Deshalb.«

Lilah deutete mit dem Kopf auf einen Briefumschlag, den Elisabeth noch nicht bemerkt hatte. »Das ... das gibt's doch nicht!« stotterte sie, als sie den Briefkopf sah.

»Doch, das gibt's. In diesem Umschlag, den ich mir zu öffnen erlaubt habe, ist ein Brief, in dem dir mitgeteilt wird, daß deine beiden Geschichten in dem Buch veröffentlicht werden, und ein Scheck über fünfhundert Dollar. Ist das nichts?«

»O doch. Das ist ja wundervoll!« rief Elisabeth. »Jetzt kann ich den Kindern endlich neue Mäntel und Stiefel kaufen, und wir müssen nicht den ganzen Winter Thunfisch essen. Ist noch etwas Eis für mich übrig?«

»Jetzt weiß ich, daß du mir vergeben hast«, bemerkte Lilah lachend.

Als die Kinder ihr Eis gegessen hatten, wurden sie nach oben geschickt, um sich umzuziehen.

»Wenn die Kinder heute abend im Bett sind, werden wir beide ein bißchen feiern«, schlug Lilah vor.

»Ich habe im Kühlschrank eine Flasche Champagner kalt gestellt.«

»Klingt großartig.« Lilah betrachtete ihre Schwester prüfend. »Du machst aber nicht gerade einen begeisterten Eindruck. Willst du es mir nicht sagen?«

»Was soll ich dir sagen?«

»Warum du so eine Leichenbittermiene machst. Und warum du so dunkle Ringe unter den Augen hast.«

»Ich wußte nicht, daß ich so schlimm aussehe.«

»Wie Graf Draculas Mutter, wenn die Blutbank leer ist. Was ist los mit dir? Dabei haben wir allen Grund zum Feiern.«

Elisabeth erzählte Lilah von ihrem Mittagessen mit Adam Cavanaugh und seinem Vorschlag, in jedem seiner Hotels eine *Fantasy*-Boutique aufzumachen.

»Das klingt phantastisch, Lizzie! Wo liegt das Problem? Abgesehen von der Tatsache, daß du mit *ihm* zu tun haben würdest.«

»Es gibt zu viele Probleme, um sie alle aufzuzählen, Lilah. Ich kann nicht einfach alles liegen- und stehenlassen, meinen Koffer packen und zwischen zig Städten hin und her pendeln. Ich habe hier zu viele Verpflichtungen.«

»Deine Kinder würden sich wahrscheinlich freuen, wenn du sie ab und zu allein lassen würdest.«

»Und was ist mit dem Geld? Ich habe keine Ahnung von Hochfinanz. Ist dir klar, was für Investitionen ich machen müßte?«

»Du sagtest doch, Cavanaugh hätte dir ein Geschäftsdarlehen angeboten. Denk nicht an die Investitionen, denk an den Profit«, meinte Lilah augenzwinkernd. »Ich bin überrascht, daß du bei dieser einmaligen Gelegenheit nicht sofort mit beiden Händen zugegriffen hast.«

Elisabeth rieb sich die Stirn. Das Aspirin hatte nicht viel geholfen.

»Ich weiß nicht, Lilah.«

»Deine Unentschlossenheit hat doch nicht vielleicht etwas mit deinem gutaussehenden Nachbarn zu tun?«

Elisabeth vermied es, ihre Schwester anzusehen. »Ich weiß nicht, wovon du redest.«

»Lizzie.«

Lilahs Ton war leicht vorwurfsvoll.

»Die Kinder haben mir von Matts Mißgeschick erzählt. Von der Obstschale. Von *›den Blättern von Mom, die überall herumflogen‹*.«

»Oh.«

»Sie haben auch gesagt, daß du furchtbar wütend warst, weil Thad sie gelesen hatte. Sogar ich habe genug Phantasie, um mir vorstellen zu können, was auf diesen Blättern stand, die er gelesen hat. Eine deiner Phantasien, richtig?«

»Richtig«, murmelte Elisabeth.

»Und es war dir peinlich.«

»Ich war verletzt.«

»Also hast du Thad gemieden.«

»Wie die Pest. Ich kann ihm einfach nicht mehr unter die Augen treten, Lilah.«

»Nur weil er eine deiner Phantasien gelesen hat? Das ist doch lächerlich.« Lilah bemerkte den schuldbewußten Ausdruck auf dem Gesicht ihrer Schwester. Elisabeth hatte nie ihre Gefühle verbergen können.

»Oh ...« Lilah grinste. »Er hat also nicht nur eine gelesen, sondern sie auch in die *Wirklichkeit* umgesetzt!«

»Nun ja ...«

»Du Glückspilz.«

»Du Glückspilz?« wiederholte Elisabeth entgeistert. »Lilah, es war so demütigend.«

Lilahs Augen wurden rund. »Sag bloß, er ist verheiratet?«, flüsterte sie.

»Verheiratet? Nein ... Verstehst du denn nicht? Er hat meine Phantasie nachgespielt, weil er dachte, daß es das ist, was ich wollte.«

»Ich kann dazu nur sagen, Lizzie: Wenn ich mich jemals verlieben sollte – und ich glaube, du bist in ihn verliebt –, werde ich alle Sexhandbücher kaufen, die auf dem Markt sind. Ich werde alle guten Vorschläge unterstreichen und die Illustrationen ankreuzen, die mir gefallen, und sie diesem Typ geben und sagen: ›Hey, Charlie, ich bin zu schüchtern, um mit dir über meine geheimsten Wünsche zu sprechen, aber ich habe dir hier angestrichen, wie ich's gern hätte.‹ Wenn Thad tatsächlich so reagiert hat, wie du gesagt hast, dann ist der Junge nicht mit Gold aufzuwiegen. Und wenn es dich irgendwie tröstet, ich habe noch nie einen Mann gesehen, der mehr verknallt war als er.«

Elisabeth blickte ihre Schwester hoffnungsvoll an. »Woher weißt du das?«

»Ganz einfach. Er ist doch fast geplatzt vor Eifersucht auf diesen Cavanaugh.«

Lilah stand auf.

»Hör zu, Ich gehe jetzt nach oben und sehe nach den Kindern. Du kannst dir ja inzwischen überlegen, was du wirklich mit dem Rest deines Lebens anfangen willst. Cavanaughs Vorschlag klingt wie ein Traum.

Auf der anderen Seite ist Mr. Randolph auch ganz schön traumhaft. Und er ist näher an zu Hause.«

Elisabeth saß allein am Küchentisch und fragte sich, was sie wollte. Es gab nur eine Antwort, gestand sie sich ein. Sie wollte Thad.

Sie wußte jetzt, daß sie ihm gegenüber nicht fair gewesen war. Sei hatte ihm Unrecht getan, und sie mußte versuchen, es wiedergutzumachen.

Auf dem Weg nach oben begegnete sie Lilah und den Kindern, die gerade herunterkamen. »Wir sind fertig, aber du gehst in die falsche Richtung.«

»Lilah, würde es dir sehr viel ausmachen, wenn ich heute abend nicht mit essen gehe?« fragte Elisabeth atemlos.

»Och, Mom.«

»Wir wollen aber mit Tante Lilah gehen. Sie hat es uns versprochen ...«

»Ihr dürft ja mitgehen«, beruhigte Elisabeth ihre Kinder hastig. »Das heißt, wenn es Tante Lilah nichts ausmacht, allein mit euch zu gehen.«

»Nicht, wenn es für eine gute Sache ist.« Lilah musterte ihre Schwester, deren Augen plötzlich wieder strahlten.

»Das ist es.«

Lilah grinste. »Nein, es macht mir nichts aus, allein mit ihnen zu gehen.« Megan und Matt rannten an ihr vorbei und zur Haustür hinaus, bevor ihre Tante es sich anders überlegen konnte.

»Lilah, ich glaube nicht, daß ich noch mehr Phantasien schreiben werde, also tu mir den Gefallen und vergiß dieses Thema.«

»Und warum nicht?«

»Sie sind egozentrisch und wirklichkeitsfremd. Es

wird Zeit, daß ich aufhöre, davon zu träumen, wie irgendwelche Männer mich lieben und … und wie ich irgendwelche Männer liebe. Da ist ein großer Unterschied, weißt du.«

»Nein, das weiß ich nicht. Hauptsache, du weißt es.«

»Irgendwann wirst du es auch erfahren.« Lilah sah ihre Schwester skeptisch an. Dann lächelte sie.

»Werde glücklich mit ihm, Lizzie. Du verdienst es.« Sie nahm die Reisetasche auf, die sie hingestellt hatte. »Ich bin Optimist. Ich habe Megan und Matt eingeladen, heute nacht bei mir zu schlafen, und sie haben schon gepackt.« Dann folgte sie den Kindern lachend hinaus.

Elisabeth wartete, bis die Haustür ins Schloß fiel. Dann lief sie ins Bad und ließ Wasser in die Wanne laufen.

Zwanzig Minuten später war sie fertig. In der Küche holte sie Lilahs Champagner aus dem Kühlschrank, bevor sie durch die Hintertür hinausging.

Thad saß auf seiner geschlossenen Veranda und sah fern. Als Elisabeth klopfte, huschte ein Ausdruck freudiger Überraschung über sein Gesicht. Er hatte sich jedoch schnell wieder unter Kontrolle und kam aufreizend langsam zur Tür. Er öffnete sie, sagte aber nichts.

»Darf ich hereinkommen?« fragte Elisabeth. Er trat zur Seite.

Es war warm im Zimmer, und es roch nach seinem Rasierwasser. Elisabeth drehte sich zu ihm um und befeuchtete nervös ihre Lippen.

»Es tut mir leid, daß ich dir eine Ohrfeige gegeben habe. Ich war furchtbar wütend, sonst hätte ich so etwas nie getan.« Sie hielt inne und holte tief Luft. »Ich ... ich habe jetzt einige Tage darüber nachgedacht, und mir ist klargeworden, daß meine Anschuldigungen lächerlich waren. Ich weiß, daß du nicht in meiner Mülltonne herumgewühlt hast oder ...«

»Elisabeth, was willst du hier?« unterbrach Thad sie kalt.

»Hast du es dir anders überlegt? Willst du, daß ich noch eine von deinen Phantasien erfülle?«

Seine Reaktion war verständlich, dachte Elisabeth. Deshalb war sie auch nicht ärgerlich. Sie hob langsam den Blick und sah ihn an.

»Nein, ich will deine erfüllen.«

10

»Und ich habe immer gedacht, du wärst ein anständiges Mädchen.« Elisabeth streichelte Thads Brust. »Da sieht man mal wieder, wie sehr man sich in einem Menschen täuschen kann«, erwiderte sie lächelnd.

Er seufzte. »Das kann man wohl sagen.«

Sie legte den Kopf auf seine Schulter. »Offen gestanden habe ich meinen ganzen Mut zusammennehmen müssen, um mit nichts als einem Paar hochhackiger Schuhe und einem Trenchcoat am Leib durch unsere Gärten zu deiner Hintertür zu gehen.«

Thad lachte. »Ich dachte, mich trifft der Schlag, als du den Gürtel deines Mantels aufgemacht hast.«

»Dein Gesicht hättest du sehen müssen.«

Er drehte den Kopf und blickte auf sie hinunter. »Ich war nicht sicher, ob du real warst.«

»Und ob ich das bin!«

Er rollte sich auf sie. »Jetzt weiß ich es auch.« Er küßte sie leidenschaftlich, und Elisabeth seufzte zufrieden.

»Mir ist fast das Herz stehengeblieben, als du angefangen hast, mich auszuziehen«, flüsterte er heiser. »Und wo hast du diesen Trick mit dem Champagner gelernt?«

»Den habe ich mir ausgedacht. Du weißt doch, was für eine blühende Phantasie ich habe.«

»Allerdings.« Er nahm ihre Brüste in die Hände und

küßte sie nacheinander. »Du sahst so toll aus in dem Teddy.«

»Warum durfte ich ihn dann nicht länger anbehalten?«

»Weil ich nicht erwarten konnte, zu sehen, wie du ihn auszogst.«

»Wie wir ihn auszogen.«

»Ich hatte das Gefühl, daß du mit den Druckknöpfen allein nicht zurechtkamst.« Sein Mund bedeckte ihren Hals mit kleinen Küssen.

Elisabeth drehte stöhnend den Kopf weg. Sie wußte, daß es noch Dinge gab, die gesagt werden mußten, bevor sie sich wieder liebten. »Thad?«

»Hm?«

»Du wirst mich doch heiraten, oder?«

Er hob den Kopf und blickte in ihr besorgtes Gesicht.

»Ich bin mir nicht sicher. Kannst du kochen?«

Sie kniff ihn in den Po, und er schrie auf.

»Autsch! Okay, okay, ich werde dich heiraten.« Dann lachte er und drückte sie an sich. »Was bleibt mir anderes übrig? Glaubst du, bei deiner Phantasie kann ich es riskieren, dich noch länger frei herumlaufen zu lassen?«

»Was ich heute Abend getan habe, hätte ich nie fertiggebracht, wenn ich dich nicht so sehr lieben würde«, sagte Elisabeth ernst.

»Weißt du was?« Er streichelte zärtlich ihre Wange. »Wenn du nicht die Initiative ergriffen hättest, hätte ich es getan. Ich hätte meinen Zorn und meinen Stolz vergessen und wäre zu dir gekommen. Ich wollte dich so sehr. Und nicht nur in meinem Bett. Obwohl du mir dort auch gefällst, muß ich sagen.« Sein Blick glitt über ihren nackten Körper. »Ich brauche dich in meinem Leben, Elisabeth.«

»Und Matt und Megan?«

»Euch alle.«

»Du bist Kinder nicht gewöhnt. Du weißt nicht, wie anstrengend ...«

Er verschloß ihren Mund mit einem Kuß. »Ich werde es schon lernen. Ich will lernen, ein guter Vater zu sein. Und jetzt sei still, damit ich dir sagen kann, wie sehr ich dich liebe.«

Er fuhr mit den Fingern durch ihr Haar. »Ich liebe dich, Elisabeth. Zugegeben, am Anfang habe ich mich nur körperlich zu dir hingezogen gefühlt. Doch als ich dich besser kennenlernte, habe ich begriffen, was für eine Frau du bist. Oh, ich will immer noch so oft wie möglich in deinem Körper sein. Aber ich will auch in deinem Kopf und in deinem Herzen sein. Ich war so dumm, daß ich nicht glauben wollte, daß es so etwas wie die wahre Liebe gibt. Aber es gibt sie. Das weiß ich, seit ich die Ehre hatte, deinen Petticoat zu befreien.«

»Ich wußte alles über Liebe in meinen Phantasien.« Elisabeth berührte zärtlich seine Lippen. »Aber ich hätte nie gedacht, daß ich sie in meinem Garten finden würde. Ich brauche mein Geschäft nicht zu erweitern, um eine neue Herausforderung zu finden. Jeder Tag mit dir wird ...«

»Hey, Augenblick mal, was war das? Du willst dein Geschäft erweitern?«

»Vergiß es. Es spielt jetzt keine Rolle mehr. Adam hat mich heute mittag zum Essen eingeladen und mir ein Angebot gemacht.«

»Was für ein Angebot?«

»Thad, ich habe doch gesagt, es spielt jetzt keine Rolle mehr. Ich werde dich heiraten.«

»Was für ein Angebot?« wiederholte er eigensinnig.

»Also schön.« Elisabeth erzählte ihm in groben Zügen, welchen Vorschlag Adam ihr gemacht hatte. »Aber jetzt werde ich natürlich ablehnen müssen.«

»Warum?«

Sie blickte ihn erstaunt an. »Warum? Weil ich kaum Ehefrau und Mutter und Managerin einer Kette von *Fantasy*-Boutiquen gleichzeitig sein kann.«

Thad stützte den Kopf in seine Hand. »Warum nicht? Ich werde doch auch Ehemann und Vater sein und gleichzeitig mein Geschäft führen. Wenn ich einen Beruf ausübe, warum sollst du dann keinen ausüben können? Das heißt, wenn du willst.«

Elisabeth setzte ein paarmal zu einer Antwort an, doch sie brachte kein Wort heraus. Schließlich meinte sie leise: »Es wäre eine einmalige Gelegenheit, eine, wie sie nicht alle Tage kommt.«

»Dann laß sie dir nicht entgehen.« Er küßte sie zärtlich. »Meinen Segen hast du.«

»Ich muß mir das Ganze noch gründlich durch den Kopf gehen lassen. Aber ich muß sagen, je länger ich darüber nachdenke, desto verlockender klingt es.« Sie spielte mit seinen Brusthaaren und blickte unter gesenkten Lidern her zu ihm auf. »Was ist mit Adam? Ich wäre viel mit ihm zusammen. Bist du nicht mehr eifersüchtig auf ihn?«

»Nein. Es war nicht sein Schoß, auf dem du vorhin gesessen hast. Und es war nicht sein Mund, der den köstlichen Champagner von deinen Brustwarzen geschlürft hat. Und in deinem weichen warmen Mund war nicht sein ...«

Elisabeth legte die Hand auf seinen Mund. »Genug.« Thad grinste. »Außerdem kann ich ihm gar nicht böse sein. Der Junge hat mir ein Vermögen eingebracht.«

Auf Elisabeths fragenden Blick hin fuhr er fort: »Jeder Zentimeter Beton von Cavanaugh Hotel kommt von Randolph Beton. Wußtest du das nicht?«

Sie schüttelte den Kopf. »Ich glaube auch nicht, daß Cavanaugh es weiß, da ich nur mit dem Bauunternehmer zu tun hatte. Aber um deine eigentliche Frage zu beantworten, nein, ich bin nicht mehr eifersüchtig auf ihn. Ich kann es Cavanaugh nicht verdenken, daß er dich anziehend findet.«

Elisabeth lächelte glücklich. »Es war nie eine sexuelle Anziehung zwischen uns. Er mag mich, und ich mag ihn. Aber ich könnte nie einen Mann wie ihn lieben. Er kennt nur eins, und das ist seine Arbeit.«

Thad drehte sich auf den Rücken und verschränkte die Hände unter seinem Kopf. »Was für einen Mann könntest du denn lieben?« fragte er herausfordernd.

Elisabeth rollte sich auf ihn. Sie sah zufrieden, wie seine Augen dunkel wurden vor neu erwachender Leidenschaft. »So einen wie dich.« Sie küßte zärtlich seine Lippen und murmelte: »Einen, der meine Träume wahr werden läßt.«

Weltbild Buchverlag – Originalausgaben –
Genehmigte Lizenzausgabe 2007 für
Verlagsgruppe Weltbild GmbH,
Steinerne Furt, 86167 Augsburg

3. Auflage 2007

This translation is published by arrangement with
The Bantam Dell Publishing Group,
a division of Random House, Inc.

Projektleitung: Dr. Ulrike Strerath-Bolz
Übersetzung: Tina Tayah
Umschlag: Hauptmann & Kompanie
Werbeagentur GmbH, München
Umschlagabbildung: Alan Danaher/Getty Images
(Gesicht) und Raul Touzon/Getty Images (Landschaft)
Satz: Andrea Göttler
Gesetzt aus der Stone Serif 10/14 pt
Druck und Bindung: Bagel Roto-Offset
GmbH & Co.KG, Schleinitz

Gedruckt auf chlorfrei gebleichtem Papier

Printed in the EU

ISBN 978-3-89897-778-4